정령사 헌터 성공기

2

양인산 현대판타지 장편소설

MODERN FANTASY STORY & ADVENTURE

dream books
드림북스

정령사 헌터 성공기 2

초판 1쇄 인쇄 2015년 4월 29일
초판 1쇄 발행 2015년 5월 6일

지은이 양인산
발행인 오영배
책임편집 편집부
표지 · 본문 디자인 권지연
일러스트 신상원
제작 조하늬

펴낸 곳 (주)삼양출판사 · 드림북스
주소 서울시 강북구 도봉로 173
대표 전화 02-980-2112 **팩스** 02-983-0660
출판등록 1999년 3월 11일 제9-00046호

ISBN 979-11-313-0341-2 (04810) / 979-11-313-0339-9 (세트)

+ 이 도서의 국립중앙도서관 출판시도서목록(CIP)은 서지정보유통지원시스템홈페이지(http://seoji.nl.go.kr)와 국가자료공동목록시스템(http://www.nl.go.kr/kolisnet)에서 이용하실 수 있습니다. (CIP제어번호: 2015012278)

정령사 헌터 성공기
2
양인산 현대판타지 장편소설
MODERN FANTASY STORY & ADVENTURE
dream books
드림북스

정령사 헌터 성공기

목차

Chapter 01
헌터 상점

내일이면 퇴원하는 재현은 벌써부터 몸이 근질근질거렸다.

얼른 내일이 왔으면 좋겠다고 생각했다. 그가 깨어난 후로, 병원에 입원해 있은 지도 어느새 2주째다. 이제 병실에 가만히 앉아 있는 건 지겨웠다.

하루 종일 하는 것도 없이 앉아 있는 것도 엄청난 고문이었다. TV는 병실에 입원해 있는 어르신들에게 점령당한 지 오래다.

간혹 보고 싶은 거 있으면 보라고 리모컨을 건네기도 했지만, 솔직히 TV는 뉴스만 봤었다.

그렇기에 뭘 봐야 할지 감도 잡지 못하고 리모컨을 다시 넘겨드리기 일쑤였다. 그 외의 시간은 간단하게 읽을 만한 책을 읽거나 운디네와 대화하는 데 시간을 할애했다.

입원해 있는 동안 조금이라도 정령력을 높이기 위해 잠시도 쉬지 않았다.

무엇보다 운디네와 대화할 때는 전혀 심심하지 않고 대화하는 맛이 났다.

재밌기도 하고, 유쾌하기도 하고, 잠깐 놀리면 운디네가 삐치기도 하고. 장난치는 맛도 있기 때문에 즐거웠다.

너무 심하게 장난쳐서 단단히 삐치기도 했었지만, 사과만 하면 금방 다시 원래대로 돌아왔다.

아직 아침과 저녁은 쌀쌀하지만, 낮에는 한층 추위가 누그러졌다. 봄이 오고 있는 것이다. 재현의 자리는 창가 쪽이다. 그 덕분에 밖이 아주 잘 보이는 명당이다.

창문 밖을 바라보니 벌써부터 밖은 꽃봉오리를 피울 준비로 한창이다. 초봄의 오후는 덥지도, 선선하지도 않은 날씨를 자랑한다.

'봄이 되면 동면하던 몬스터들도 깨어나겠지?'

그것이 재현이 생각하는 바였다. 몬스터들 중 동면에 들어가는 종류도 상당히 되기 때문이다.

대표적인 몬스터를 예로 들자면 배틀 레빗이다.

동면에 들어간 녀석은 집에서 거의 꿈쩍도 하지 않는다.

가끔 먹이를 찾으러 밖에 나오고, 그 외에는 굴 안에서만 생활한다. 그 덕분에 재현은 배틀 레빗의 굴만 찾아 쉽게 잡은 전적이 있다.

그 굴을 수몰시키면 누가 업어 가도 모를 정도로 깊이 잠들어 있던 녀석도 깨어나 나오려고 하기 때문이다.

그때 입구를 얼굴만 간신히 나올 정도로 좁게 만들어 귀를 잡아채면 사냥은 끝이었다.

녀석들은 귀가 잡힌 채 몸이 공중에 뜨면 아무런 행동도 하지 못한다.

몬스터라고 해도 토끼는 토끼다. 하지만 봄이 되면 녀석들도 본격적으로 움직이고, 먹이를 찾아 나설 것이다.

전처럼 쉽게 사냥하기 힘들다는 건 부정할 수 없다.

다만 깊은 잠에 빠졌던 몬스터들이 활발하게 움직이기 때문에 사냥할 기회는 늘어난다. 겨울보다 더 많은 몬스터들을 잡을 수 있으리라 의심치 않았다.

'좋아. 그럼 일단 굳은 몸을 풀어 볼까?'

링거와 각종 전극이 꽂혔을 때는 운동을 전혀 못 했다. 운동을 하려고 하면 간호사들에게 한 소리 들었기 때문이다.

링거를 꽂은 상태였으면 간호사들이 말리겠지만, 내일 퇴원인 터라 말리지도 않을 것이다.

이미 재현이 완쾌했다는 건 간호사들이 훨씬 더 잘 알 테니까. 그는 슬리퍼를 질질 끌며 밖으로 나갔다.

운동할 곳은 얼마든지 있다. 병원 부지는 크기 때문에 운동할 공간도 있다.

밖으로 나와 운동을 하기 위해 물색해 뒀던 곳으로 향한다. 주차장과 정반대 방향이다.

환자들이 바람을 쐬려고 나오는 곳인데, 더 깊이 들어가면 한적한 곳이 나온다.

아무래도 사람이 많은 곳에서 땀을 뻘뻘 흘리며 운동을 하기에는 조금 부끄럽다.

그래서 최대한 인적이 드문 곳에서 하기로 한 것이다. 그렇게 그가 물색한 곳으로 들어가자 점점 사람들이 보이지 않게 되었다.

건물 위에서 봤을 때나 보였을 곳이니, 사람들이 잘 찾아오지 않는 것도 무리가 아니다. 그렇게 자신이 물색했던 곳에 도착하자 그가 발걸음을 멈췄다.

그가 운동하려고 했던 장소에는 이미 누군가가 한창 땀을 뻘뻘 흘리며 운동을 하고 있었기 때문이다. 운동을 하고 있던 사람은 여성으로, 재현도 아주 잘 아는 사람이었다.

"거기서 뭐하냐?"

그가 말을 걸자, 유라가 깜짝 놀라더니 뒤를 돌아보았다. 그러고는 안심한 표정을 짓는다. 그녀는 한쪽에 놓아두었던 수건으로 땀을 닦으며 대답해 준다.

"운동하고 있잖아. 보고도 몰라?"

"아니, 그건 그냥 봐도 알겠는데……."

재현은 그녀를 멍하니 쳐다본다. 정확하게는 유라가 아니라, 유라의 손목에 꽂혀 있는 링거다.

선으로 된 튜브에 약물이 흐르는 게 보인다. 저런 몸으로 운동을 하다니. 제정신인가 싶었다.

물론 그 기분이야 이해 못 하는 건 아니지만, 온몸에 붕대를 감고 있는 걸 보면 아직 운동할 정도는 아닌 걸로 보인다.

"딱 봐도 운동하면 안 되는 걸로 보이는데. 간호사들이 운동하지 말라고 하지 않았어?"

"남이사."

물론 자기 몸을 혹사시키는 게 아니니 신경 쓸 바는 아니지만, 솔직히 걱정된다.

예전이었으면 '그러냐?' 하고 시큰둥하게 대답했을 것

이다. 하지만 지금은 좀 다르다.

같이 파티를 이루어 생사를 함께한 전적이 있기 때문인지 걱정이 먼저 들었다. 진짜 전우애가 이건가 싶기도 했다.

"그러다 상처 벌어지면 어쩌려고. 상처 덧날 수도 있으니까 완치된 다음에 해. 그래도 늦지 않으니까."

"안 돼. 그러면 잠깐이라도 체력이 줄어들어."

말해도 들을 생각을 하지 않는다. 재현이 보기에는 유라가 쉬는 걸 추천하는 쪽이다.

안 그래도 몸 상태도 안 좋은데 무리하게 운동했다가 더 크게 다칠 수 있기 때문이다.

"그럼 내가 치료수라도 줄까."

재현은 들고 있던 텀블러를 들었다. 정화수를 어디서든 마실 수 있게 텀블러는 늘 소지하고 다닌다.

치료수를 만드는 건 매우 간단하다. 운디네만 소환해서 물을 정화해 치료수로 만들면 끝이다.

정령력도 많이 안 들고 금방 만들 수 있는 작업이라 굳이 어려울 것도 없다.

고작 몇 초의 귀찮음만 감수하면 끝이다. 그 몇 초의 귀찮음이 유라에게는 엄청난 도움을 줄 것이다.

"됐어. 왜 갑자기 하지 않던 짓을 하는 건데?"

부담스러워하면서도 불쾌한 표정을 짓는 유라였다. 대충 이럴 거라 예상은 했지만, 그 예상이 맞으면 어딘가 좀 불편한 기분이다. 사람이 기껏 호의를 베풀려고 하는데도 저러면 기분이 나빠진다.

'참자, 참아.'

자신이 어른스럽게 행동하자고 생각하며 그는 한숨을 내쉬더니 고개를 저었다. 유라의 나이는 아직 스물세 살이다.

어지간히 세상을 경험하지 않는 한 평범한 여대생들도 아직 세상에 대한 건 잘 모르는 시기이다.

이럴 때는 어른이 잘 대처하는 게 정답이다. 그렇게 관자놀이를 꾹꾹 누르며 분노를 삭히자 마음이 차분해졌다.

아영에게 들은 게 있어서 조금 자상하게 대해 주는데 유라의 태도는 여전히 똑같았다.

상황이 어찌 됐든 목숨을 구해 준 은인이니 조금이라도 자신에 대한 태도가 달라졌을 줄 알았다. 하지만 전과 비교해서 전혀 달라지지 않았으니 허무하기도 했다.

"사람이 걱정해 주고 있는 거잖아."

여기서 네가 상관할 바 아니잖아? 라는 대답이 올 줄 알았지만, 어째서인지, 그녀에게서 대답이 오지 않았다.

"……."

그녀의 얼굴이 어째서인지 홍당무처럼 붉어지며 입을 꾹 다물고 있다. 눈이 마주치자 그녀는 수건으로 자기 얼굴을 가린다.

순간 그녀의 얼굴과 태도를 보고 귀엽다는 생각이 들었다.

'내가 미쳤지. 이 녀석이 귀엽다고 느끼게.'

잠깐 머리가 어떻게 됐구나 생각하고, 얘가 왜 이럴까 생각하는 재현이다. 유라는 한동안 수건으로 얼굴을 가리다가 헛기침을 했다.

"그, 그래. 일단 내 목숨을 구해 준 것도 있으니까 네 말에 응하도록 하지. 치료수. 만들어 줘."

'여전히 말투는 밉상이군.'

부잣집 자식들은 전부 이럴까 싶었다. 혹시 자신도 어렸을 때 이런 적이 있지 않았는지 궁금증이 들었다.

거의 기억이 없지만 돈을 함부로 쓰거나 자랑했던 적은 없는 것 같다. ……최소한 자신이 생각할 때는 말이다.

만일 막 자랑하고 다녔다면 창피해서 동창들도 못 만날 것 같다. 무엇보다 그것이 사실이면 잠자다가 이불을 걷어찰 것 같다.

그래도 최소한 지금은 딱히 짐작이 가거나 비슷한 기억은 떠오르지 않았다.

이 사실은 나중에 동창 모임이 있을 때, 그때 가서 만나 보면 알게 되겠지라고 막연한 얘기로만 생각한다.

"일단 달라니 주긴 하겠는데, 운동을 아예 하지 말라고는 안 할 테니까 무리가 안 갈 정도로만 해. 아무리 치료수가 회복력이 뛰어나도 포션처럼 단박에 낫게 하지 못하니까."

"운동은 언제든 해야 하는 거니까. 몸매 유지도 있지만 체력은 늘 관리해야지."

재현도 이번에는 그녀의 말에 공감할 수 있기 때문에 고개를 끄덕였다. 재현 또한 그녀와 같은 생각으로 늘 운동을 하기 때문이다.

"뭐, 그래도 정 그렇다면야 이번에는 네 말을 들어보도록 할게."

"……그래 고맙다. 말 들어줘서."

살짝 비꼬아 말한 재현은 운디네를 소환했다. 유라는 운디네를 뚫어지도록 바라보며 고개를 갸웃거렸다.

"어라? 그대로네?"

"무슨 말이야?"

"음…… 아무것도 아냐."

아무것도 아니라면서 계속 운디네를 뚫어지도록 바라보는 그녀가 좀 신경 쓰였다. 그녀는 계속 운디네를 뚫어지도록 바라보았지만 이내 별것 아니겠지, 하고 생각했다. 재현은 운디네에게 신경 써서 치료수를 만들어 달라고 부탁했다.

운디네는 고개를 끄덕이며 평소보다 두 배가 넘는 시간을 투자해 치료수를 만들어 냈다.

정령력이 빠져나가는 양이 평소와 다르게 좀 많았다. 거기다 어쩐지 치료수에서 빛이 살짝 나는 것 같았다.

"평소에 만든 것보다 꽤 신경을 썼어. 회복력이 배가 될 거야. 그래도 너무 무리하면 아무 소용이 없으니까 적당히 운동하고."

운디네는 살짝 유라를 노려본다. 운디네는 유라가 싫어서 노려보고 있는 게 아니었다. 재현에게서 느껴지는 감정이 그러했다.

물론 그녀를 싫어하는 감정이 없지 않아 있긴 했지만, 주된 이유는 그게 아니다. 그 감정은 잘 전달되지 않지만, 표정만 봐서는 뭔가 말하지 말라는 듯이 보인다.

'운디네는 도대체 뭘 숨기고 있는 거지?'

자신에게 말하지 못할 것을 숨기고 있나 싶다. 유라는 운디네가 왜 그렇게 자신을 그리 보는지 모르겠다는 표정을 하면서 치료수가 든 텀블러를 받아 든다. 그러고는 바로 원샷을 한다.

운동을 해서 무척 갈증이 났던 것도 있겠지만, 치유가 빨리 된다는 것에 바로 원샷을 해 버린 것이다.

시원스럽게 마시는 것을 보고 한 잔 더 만들어 주며 이건 3일 후에 마시라고 말해 두었다. 치료수의 지속 효과는 3일이기 때문이다. 이것만 있어도 그녀가 완쾌하는 속도도 빨라질 것이리라.

"솔직히 그때는 대단했어."

"응? 누가?"

순수하게 물어보는데 그녀의 입에서 또다시 건방진 소리가 들려온다.

"내가 좀 대단하긴 하지만 너는 나보다 더 대단하다고 인정할게."

"……."

은근히도 아니고 대 놓고 자기 얼굴에도 금칠해 주는 유라를 보며 다소 어이가 없는 표정을 짓는 재현이었다.

자기 스스로를 그렇게 생각해서 나쁘다는 건 아니지만, 속으로 하는 것도 아니고 말로 하는 건 조금 문제가 아닐까 싶다.

그녀는 그러더니 손가락으로 그를 가리킨다. 그녀의 표정은 결의를 다진 듯 보인다.

"이제부터 넌 내 라이벌이야."

"갑자기 무슨 헛소리야?"

결의로 가득한 그녀와는 대조되게 재현은 귀찮은 듯한 표정이다. 혹시 지난번의 전투에서 머리라도 크게 다친 게 아닐까 하는 생각이 들었다.

아영은 멀쩡하다는데 재현이 보기에는 잠깐 머리를 다친 사람처럼 보인다.

"지금껏 자존심 때문에 말 안 했는데, 이제 솔직하게 말할게. 난 체력은 너한테 뒤져도 능력만큼은 너보다 우위라고 생각했어."

체력이야 이미 헌터 등록 심사에서 나온 결과기 때문에 굳이 누가 우위냐는 따질 수 있지만, 능력은 같은 수습 헌터끼리 우위를 따질 수 있을까 싶다.

물론 위력의 차이는 날 것이다. 하지만 그리 크게 나지 않을 것이라 생각하는 재현이었다.

수습 헌터들은 실전 경험도 거의 없기 때문에 헌터 대 헌터로 결투를 해도 운과 전략에서 많이 판가름 나는 것이 대부분이기 때문이다.

정말 처음부터 괴물 같은 힘을 지니지 않는 한 말이다.

"하지만 그것도 내 스스로를 과신하고 있다는 걸 깨달았지. 이제는 인정할게. 넌 나보다 대단한 녀석이야!"

"……."

칭찬해 준 거니까 고맙다고 해야 하나 말아야 하나 고민하는 재현이었다.

"반드시 널 뛰어넘을 거야."

이게 뭐라고 전의까지 불태우는 건지…… 재현은 그녀의 사고방식을 이해할 수가 없었다.

"무슨 라이벌이야. 귀찮게. 그냥 네가 대단하다고 치자."

뭔가 더 엮이면 귀찮을 것 같다. 솔직한 마음으로 재현은 유라를 보는 게 고역이다. 어쩔 수 없이 만났으니 티를 안 내는 것뿐이다.

이상하게 엮여서 만나면 한층 더 귀찮게 될 것 같아 그리 말했지만, 유라는 전혀 다르게 받아들인 모양이다.

"역시 넌 그렇게 생각하지 않는 모양이지? 하기야, 나보다 훨씬 뛰어나니까 그런 생각을 하는 것도 무리가 아니지."

"……아니, 네가 생각하는 것처럼 내가 남을 그렇게 판단한다고 생각하지 마. 난 딱히 누구보다 우월하다고 생각한 적이 없거든? 거기다 나보다 강한 녀석에게 내가 어떻게 이겨?"

그의 말은 진심이었다. 솔직히 자신이 생각할 때 유라가 진심으로 싸우면 질 것 같다는 생각이 들었다.

그녀는 사이코키네시스, 즉 염력이라는 능력이 있다. 자신을 염력으로 아예 움직이지 못하게 하고 구타하기 시작하면 막지도 못하고 그대로 당하게 될 것이다.

그러기에는 정신력이 꽤 많이 소비된다고는 하지만, 이길 생각이면 충분히 그렇게도 할 수 있을 것이다.

무엇보다 중요한 건, 그녀의 사이코키네시스는 운디네에게 데미지를 줄 수 있다는 사실이다.

물리적인 데미지를 전혀 입지 않는 운디네지만, 염력으로 들어 올린 물체는 아직 초능력의 잔재가 남아 있다는 모양이다. 아주 많은 데미지는 아니지만, 어쨌거나 데미지를 줄 수 있다는 그 사실 자체가 중요하다.

정령은 방어력이 매우 약하다. 가벼운 데미지라고 표현했지만, 그 데미지조차 운디네에게 커다랗게 느껴질지도 모른다.

운디네를 이렇게 포현하기는 미안한 일이지만 솔직히 말하자면 운디네의 방어력은 종잇장이나 마찬가지다.

아직 운디네가 누군가에게 공격을 당해 보지 않아서 확실하게 말하지는 못하지만 아마 별로 다르지는 않을 것이리라.

"무슨 소리야. 너는 내가 못 이긴 홉 고블린 부족장을 단숨에 처리했잖아. 내가 거의 정신이 없었지만, 볼 건

봤다고. 네가 그 녀석을 압도하는 모습을. 나와 아영이는 모든 힘을 다 보여 줬는데, 넌 힘을 숨겼었잖아."

어디에서 오해가 생긴 것 같다. 그런데 그녀의 말에 재현은 절대 수긍할 수 없었다. 왜냐하면 기억이 안 나기 때문이다.

"난 그 당시 일이 전혀 기억이 안 나. 순간 열 받아서 이성을 잃어서 기억이 없는 건지, 전투의 충격으로 기억을 잃었던 건지 잘 모르겠지만."

생각보다 몬스터들에게 입은 데미지가 없었기 때문에 전자가 훨씬 크다고 생각하고 있지만, 자세한 건 모른다.

어찌 되었든 자신이 부족한 정령력 대신 체력을 소비해서 싸웠다는 것만 운디네에게 들었던 것뿐이다. 자세한 내용은 말해 주지 않았다.

운디네는 그 당시 얘기를 하기를 꺼려 하고 있어 자세히 못 물어봤다. 물어봐도 말해 줄 것 같지 않은 감정이 느껴져 말도 못 꺼내 봤다.

"그래도 네가 그 녀석을 죽였다는 사실은 변하지 않잖아?"

"……그렇지?"

기억이 안 나도 있었던 사실이 그러하다고 하니 부정하지 못한다. 그렇게 생각하니 결국 결론이 이렇게 되는구나 싶다.

"그러니까 난 널 뛰어넘는 것을 목표로 나아가겠어. 두고 봐. 일단 치료에 전념하긴 하겠지만, 퇴원하는 즉시 수련에 임하면서 널 철저하게 분석할 테니까!"

그렇게 말하고는 유라가 획 뛰어간다. 자기 할 말만 다 하고 뛰어가는 그녀를 보며 재현이 한숨을 내쉬었다.

"너무 갑작스러워서 어떻게 반응해야 될지 모르겠구만."

그냥 무시하기로 하고, 머리를 긁었다.

뭐, 이대로 그냥 피해 다니면 만나지도 않겠지 생각한다. 차라리 아예 안 만났으면 하는 게 재현의 솔직한 심정이다.

저런 드세고 솔직하지 못한 사람은 솔직히 재현의 입장에서도 성가시고, 귀찮으니까.

한바탕 소란이 일어났다가 사라지니 운동할 마음도 싹 가셔 버렸다.

*　　*　　*

이름: 박재현 성별: 남

나이: 26　　등급: 초급 헌터

헌터 등록 번호: 035-96911477

-위 인물은 헌터 등록 심사를 통과하였으며 몬스터 출현 지역을 출입할 수 있는 권한을 부여했습니다. 군·경 관계자는 본 헌터의 요청시 아낌없는 지원 바랍니다.

헌터 양성소에 온 재현은 새로 발급받은 헌터증을 보고 감동에 몸이 전율하고 있었다.

처음에는 별생각이 없었는데 초급 헌터가 되니 감회가 남달랐다. 이건 또 다른 감동이 느껴졌다.

안심이 된다고 할까. 헌터 자격이 정지되는 걱정이 사라졌으니 말이다.

혹시 몰라 초급에서 중급이 되지 못해도 마찬가지인가 확인해 보니 초급부터는 그런 걱정이 없다고 한다.

초급 헌터는 정식 헌터로 구분되어 있다고 한다. 그러니까 직장으로 따지면 비정규직과 정규직의 차이라고 할까?

2년마다 한 번씩 계약을 해야 하는 비정규직과 달리 어지간히 일을 못 하거나 회사에 해악을 끼치지 않는 한 해고될 걱정하지 않아도 된다는 소리다.

"근데 헌터는 정말 보험 처리 안 해 주나?"

입원을 한 계기로 보험에 가입해야겠구나 생각했다. 만일 다치면 자신이 손해인 터라 보험회사에 전화해봤었다.

하지만 어디든 불가능하다는 말만 나왔다. 그 보험도 입원비 지원밖에 없었다.

아무래도 죽음과 가장 직결된 직업이다 보니 입원비만 지급해 주는 모양이다. 죽었을 때의 보험금은 타지 못하지만, 입원비 걱정은 덜었으니 그나마 다행일 것이다.

"아, 초급 헌터부터 헌터 상점을 이용할 수 있게 돼요."

"네?"

헌터 상점이라니? 그건 뭐냐는 듯 재현이 직원을 바라보았다. 헌터 거래소랑 다른 명칭인가 싶었다.

"아, 예. 수습 헌터는 오직 헌터 거래소에서만 거래가 가능하지만, 초급 헌터부터는 헌터 상점도 이용이 가능해요."

"그 두 개에는 무슨 차이가 있는데요?"

둘 다 다른 것은 알겠는데 무슨 차이가 있는지 전혀 모르겠다. 이런 질문이 심심찮게 물어보는 것이다 보니 직원이 미소를 그리며 친절히 대답해 준다.

"들어오는 물품의 차이죠. 헌터 거래소는 헌터들이 판 물품들을 싸게 사서 비싸게 재판매하는 곳이거든요. 중고품도 새것처럼 파는 곳이 헌터 거래소예요."

그거 정말 못 쓸 곳이었구나 생각하지만, 일단 몬스터를 거래할 때는 확실한 가격에 거래해 준다고 하니 욕할 곳은 아니라고 본다.

"하지만 헌터 상점은 새로 들어온 물품을 공장에서 만들어서 바로 내놓지요. 중고품도 구할 수 있지만 비교할 수 없을 정도로 싼 값에 팔기도 해요. 또 무엇보다 중요한 건 매직 아이템도 판다는 거예요."

"매직 아이템이요?"

그게 뭐냐고 물어보기 전에 운디네가 텔레파시로 대답해 주었다.

[마법이 부여된 물품이란 소리야. 마법의 힘을 증폭시켜 주기도 해. 과거에는 아티팩트라고 했는데, 지금은 명칭이 매직 아이템이라고 통일됐나 봐.]

'오, 그런 게 있었구나.'

마법, 초능력, 정령이 있는데 마법의 힘이 담긴 매직 아이템이라고 없을까란 생각이 든다.

"마법의 힘이 부여되어 있는 물품들이죠. 그 종류가 매우 다양해서 헌터들이 많이 이용하고 하나씩은 지니고 다녀요. 무엇보다 그게 몸을 지켜 주는 역할까지 해 주죠. 매우 비싸지만 목숨을 지켜 주는 값에 비하면 싼 편이죠."

애초에 자기 목숨을 구할 수 있다면 천금이라도 아낄 이유가 없다.

"흐음~"

과연 그게 자신에게 필요할까 싶었지만, 몸을 지켜주기도 한다고 하니 끌리긴 한다.

자신이라고 몬스터들에게 위험하지 않다는 생각은 없었으니까. 홉 고블린 부족장과 싸우면서 깨달은 바가 컸다. 그러다가 재현이 한 가지를 떠올렸다.

'음? 그러고 보니 홉 고블린 부족장의 지팡이도 매직 아이템이거나 그런 거 아냐?'

[응. 그것도 마나의 향기가 느껴져. 그건 향기라기보다 기분 나쁜 냄새지만.]

운디네가 그렇다고 하니 확신이 섰다. 지팡이에도 마나의 향기가 난다면 그것도 매직 아이템이란 소리라는 것이리라.

"한번 이용해 보시는 것도 나쁘지 않을 거예요."

"음……."

재현은 잠깐 고민하다가 고개를 끄덕였다.

그곳에 가서 얼마나 도움이 될 것을 건질지 모르겠지만, 최소한 이런 것이 있다는 것을 익혀 두는 것도 좋지 않을까 싶었다.

* * *

헌터 상점은 헌터 양성소에서 그리 멀지 않은 곳에 있었다. 서울에 살면서 이곳저곳 많이 돌아다녀 보았다고 스스로 생각했다.

하지만 직원이 말해 준 것에 따라 이동하니 전혀 본 적도 없는 빌딩이 떡하니 나타났다. 지금껏 본 적 없는 건물과 거리가 나왔다.

"……이것도 무식하게 크네."

헌터와 관련된 것들은 뭐든 빌딩부터 컸다. 도대체 헌터 관련 직종이 얼마나 돈을 벌기에 건물들이 하나같이 이렇게 클까 싶었다.

정부에서 지원금이 나오는 것도 있겠지만, 고작 그거로는 커버할 수 없을 것 같다.

아마 이것 말고도 꽤 많은 수익이 윗대가리들의 주머니로 가는 모양이다. 이것도 하나의 사업이 되다 보니 그럴 수도 있겠다고 막연히 생각만 할 뿐이다.

재현은 헌터 상점 안으로 들어갔다. 헌터 상점은 총 15층이며 이 빌딩 전부가 헌터 상점이었다. 이를 안 것은 층마다 무엇이 있는지 표지판이 있었기 때문이다.

1층에서 3층까지는 초급 헌터용으로 되어 있다. 4층에서 6층까지는 중급 헌터용으로 되어 있다. 7층에서 9층까지는 상급 헌터 이상의 물품들이 진열되어 있다.

하지만 초급 헌터라고 해도 그 전부를 둘러볼 수 없는 것은 아니었다. 딱히 검사를 하는 것도 아니다.

어디를 이용하든 자유라는 뜻이다. 돈만 있으면 다 살 수 있다는 뜻 같았다.

재현은 일단 돌아다녀 보기로 했다. 1층은 입구에 들어오자마자 꽤 많은 양의 것들이 진열되어 있는 걸 볼 수 있었다.

가게마다 전문적으로 취급하는 게 달랐다. 거기다 잘 진열되어 있어서 모든 가게들에 눈이 갔다.

딱히 뭘 사러 올지 정하고 온 건 아니기 때문에 여기저기 눈이 가는 건 당연했다.

그가 첫 번째로 본 가게는 방어구를 전문적으로 취급하는 가게였다. 방어구가 상당히 많았다. 가장 눈에 띄는 건 철제로 된 방어구들이었다.

이런 걸 정보화 시대 다음 세대인 현재 헌터의 시대 사람들이 착용하는 것들이라니. 방어구에 한해서 과거로 퇴행된 것 같았다.

애초에 방탄복으로 화살을 못 막아 내니 철제 갑옷은 어쩔 수 없는 것이기도 하지만 말이다.

조금 더 세련되고 무게가 무척 가벼워진 것들이란 게 좀 다른 요소지만 무식하게 생긴 철제 방어구라는 건 변함이 없다.

"어서 오십시오, 손님. 뭘 보여드릴까요?"

"뭘 사러 온 건 아니고요. 구경 좀 해도 될까요?"

"예, 물론이죠. 저희 가게는 질 좋고 값이 싼 것들만 취급하는 가게입니다. 고객 만족도 1위의 가게라고 자부하죠!"

어차피 살 것은 아니기에 둘러본다. 철제로 되어 있다고 해도 상당히 얇았다.

검을 힘차게 휘두르면 베어질 것 같이 보인다. 그의 생각을 읽었는지 가게 주인이 하하하 웃었다.

"이거 아무래도 이곳에 처음 오는 헌터분이셨던 모양이군요."

"예. 이제 막 초급 헌터가 되어서요."

"이걸로 말씀드릴 것 같으면 들어가 있는 철들에 비해 매우 가볍고 튼튼합니다. 경량화를 했으며 사이즈에 맞게 조절하면 옷을 입어도 티가 전혀 나지 않습니다. 몬스터의 어떤 공격에도 끄떡도 하지 않지요."

확인시켜 주겠다는 듯 이 철제 갑옷의 일부인 철제를 칼로 힘껏 내리치는 가게 주인.

철제는 흠집 하나 나지 않고 멀쩡한 상태였다. 도끼와 망치로도 확인시켜 주었다. 있는 힘껏 내리쳤지만, 철제는 무사했다.

"어떻습니까? 겉보기와는 달리 엄청 튼튼하죠?"

"대단하네요."

재현은 순수하게 감탄했다. 이렇게 얇은데 이런 튼튼함이라니. 전혀 구부러지지도 않은 것을 보고 연신 감탄한다. 초급 헌터들이 이용하기에 좋을 것 같았다.

"그리고 한번 들어 보시지요. 아마 깜짝 놀라실 겁니다."

"잠깐 실례해 볼게요."

가게 주인의 말대로 한번 들어 보니 묵직할 것 같은 겉보기와는 달리 매우 가벼웠다. 정말 깜짝 놀랄 정도다.

이 정도라면 최소 10킬로그램은 나갈 거라 예상했지만, 2킬로그램도 안 나가는 것 같았다. 입어도 그리 부담이 없다는 뜻이다. 그러더니 가게 주인이 귓속말로 속삭였다.

"거기다 더 놀라운 건 이건 저희 가게에서 단 하나밖에 없는 매직 아이템이란 사실입니다."

“이게요?”

“예. 이렇게 가벼운 건 전부 다 경량화 마법이 걸려 있기 때문이죠. 또한 파괴되어도 자동 수리 기능 마법이 있어 굳이 수리할 필요가 없는 최상품이지요.”

재현이 감탄했다. 매직 아이템을 이렇게 쉽게 만나다니. 처음으로 들린 가게에서 매직 아이템을 구하기란 정말 어렵다.

가게 주인의 말에 솔직히 혹하는 재현이었지만, 운디네가 다시 텔레파시를 보내왔다.

[다른 건 사실일지 모르겠지만, 마법의 힘으로 처리되어 있다는 건 거짓말이야. 믿지 마. 확실히 하운드 하이에나의 공격까지는 어느 정도 버틸 수 있어 보이지만, 강한 몬스터에겐 힘을 못 쓸 거야. 또 마법 공격에는 엄청나게 취약해 보여.]

‘어, 그래? 얼마나 취약해 보이는데?’

[워터 애로우 한 방이면 구부러질 거 같아.]

그 말을 들으니 인상이 확 찌푸려진다. 지금 가게 주인은 아무것도 모르는 초급 헌터를 가지고 사기 행각을 하고 있던 것이 아닌가!

자신처럼 아무것도 모르는 사람이 왔었다가 샀으면 훗날 사기당했다고 생각했을 것이다.

운디네가 없었다면 재현도 덜컥 하나 사 버렸을 것이다. 아무것도 모르고 듣는 입장에서는 정말 대단한 방어구로 보이기 때문이다.

재현의 시선이 가격표로 향했다.

[할인가: 10,090,000]

가격이 무려 천만 원이다. 그것도 할인해서 말이다. 이게 바가지인지 아닌지 모르지만 비싸도 너무 비싸다.

"비싼데, 별로 효용성 없으면 환불 가능하죠?"

"아뇨, 구입하시면 환불은 불가능합니다. 거기다 사용까지 하시면 설사 환불이 가능한 제품이라고 해도 그 어떤 가게라도 안 해 드릴 겁니다."

그러니까 설사 사기를 당했다 해도 환불이 불가능하기 때문에 돈은 되돌려주지 않는다는 소리다.

사기를 당한 걸 알았다고 해도 발뺌하면 그만이다.

그것도 아니면 이미 사용하거나 사 간 걸 환불하려고 하는데 가당키냐 하냐고 적반하장식으로 나올 것이다.

'이 가게는 이용하면 안 되겠군.'

유라와 아영에게 미리 말해 둬야겠다. 되도록 이 가게는 이용하지 말라고. 물품으로 사기 치는 건 악질이다. 아무것도 모르는 초급 헌터만 노리는 전문적인 가게다.

소문이 퍼진다 싶으면 가게 이름만 바꾸면 되기에 별로

문제 될 것도 없었을 것이다.

이걸 방지하기 위해 이 가게 위치까지 알려 주기로 하자.

"여기는 저한테는 잘 안 맞는 거 같네요."

"음…… 돈이 부족하신 겁니까? 그럼 제가 특별히 이백만 원까지는 깎아드릴 수 있습니다. 미래를 이끌어 갈 초급 헌터에게 투자하는 셈치죠."

이 정도까지 했으면 초급 헌터들은 무리해서라도 구입하려고 했겠지만, 전후 사정 다 알게 된 재현에게는 오히려 더 괘씸해 보였다.

초급 헌터들에게 한 사기 행각이 한두 번 해 본 솜씨가 아니다. 이런 곳이 어떻게 고소당하지 않고 잘 운영되는지 궁금할 따름이다.

재현은 당장 가게에서 나와 잊어버리기 전에 아영에게 귓속말을 보낸다.

"귓속말, 김아영."

[귀하의 킵보이에 등록되어 있는 '김아영' 님께 귓속말을 시도 중입니다.]

잠시 후, 아영이 귓속말을 받았다.

[어? 재현 오빠. 무슨 일이세요? 아, 그러고 보니 오늘이 퇴원 날이었죠? 퇴원 축하드려요.]

"응. 그래, 고맙다. 연락한 건 다른 게 아니라 혹시 헌터 상점 이용한 적 있니?"

[헌터 상점이요? 아직 이용하지는 않았어요. 하나같이 너무 비싸서 구입할 엄두가 안 나더라고요. 이용하려면 어느 정도 돈이 모여야 될 것 같아요.]

그 말을 들으니 안심이 되었다. 아영도 이곳을 이용하다가 피해를 봤을지도 몰라 걱정했던 것도 사실이다.

"여기 조심해야겠더라. 처음 간 가게가 거짓말을 막 하네. 마법 처리가 되어 있지도 않은 방어구를 마법 처리가 되었다고 설명하고 말야."

재현은 방금 전 있던 일을 말해 주었다. 운디네가 아니었으면 자신도 당했을 거라고 설명하자 아영이 곧장 대답했다.

[정말 악질이네요! 그 가게는 고소 안 당한데요?]

아영도 그 말에 화가 난 모양이다. 그 심정 자신도 방금 느꼈으니 충분히 이해한다.

"글쎄. 멀쩡히 운영하는 걸 보면 빠져나갈 구멍을 만들어 놨다거나, 뒤에 든든한 빽이 있는 게 아닐까? 애초에 헌터 상점만이 아니라 용산 쪽에서도 이런 식으로 장사하는 곳도 많고."

[손님을 왕으로 모셔도 모자랄 판에 돈으로만 보다니.

너무 심하네요.]

"뭐, 일단 조심은 해. 이곳저곳 둘러볼 생각이었으니까 조심할 곳이 있으면 이번에는 메시지로 남길게."

[네, 알겠어요. 고마워요, 오빠.]

그렇게 귓속말을 종료하고, 이번에는 유라에게 걸었다.

유라는 돈이 많으니 그 가게에 걸리면 모든 물품을 다 구입할 것 같아서였다.

[뭐야? 무슨 일이야?]

그리고 귓속말을 받자마자 퉁명스러운 목소리로 대답하는 유라였다.

"아, 다른 게 아니고 헌터 상점이라고 알아?"

[내가 그걸 모를 거 같아? 아마 헌터 상점에 대해 가장 잘 아는 건 나일 걸?]

"아, 그래? 그럼 별로 걱정은 없겠네."

잘 안다고 하니 걱정은 굳이 안 해도 될 것 같았다. 귓속말을 끊으려고 하니 유라가 물어보았다.

[무슨 소리야?]

"아니, 그게 말이지."

재현은 아영에게 설명한 것 그대로 설명해 주었다. 초급 헌터들을 상대로 전문적으로 사기 행각을 벌이는 가게가 있다는 것이다.

[정말 큰일 날 뻔했네.]

“운디네가 아니었다면 나도 넘어갔겠지.”

유라가 잠깐 생각하는 듯 말이 없었다가 곧 다시 입을 연다.

[이게 법적으로 처벌은 약할 거야. 그 주인이 한 말을 녹음하면 처벌은 되겠지만 그 상황에서 녹음을 하는 사람은 드물거니와 설사 녹음을 했다 해도 불법 녹취로 역고소를 당할 수도 있지.]

“처벌 방법이 없다는 거네.”

[법적으로는 그렇지. 아, 생명을 구해 준 보답을 아직 안 했으니 내가 그 가게 다시는 운영하지 못하도록 해 줄까?]

“응? 어떻게?”

잠시만 기다려 달라는 말과 함께 유라가 어디론가 전화를 건다.

통화 내용은 모르지만, 전화 상대는 아버지인 듯싶다. 그리고 곧 만족스러운 듯 말한다.

[좋아, 이 일은 아빠가 해결해 주시겠데.]

“응? 그걸로 된 거야?”

뭐가 이렇게 간단하게 끝나는 건가 싶다. 그리고 지금

그걸로 정말 된 건지도 의문이다. 하지만 유라는 걱정 말라는 듯 말한다.

[우리 아빠가 여기저기 투자한 곳이 많거든. 그중 한 곳이 헌터 상점이야. 아빠의 말 한마디가 대한민국의 상권을 비틀 수 있다고 해도 과언이 아니야. 거기서 조금만 기다려 봐. 아마 곧 그 가게가 한창 난리 날 거야.]

그녀의 말과 동시에 갑자기 많은 사람들이 들이닥치기 시작한다. 헌터 상점주 등 꽤 많은 사람들이 들이닥쳤다.

"뭐, 뭐야. 갑자기!"

가게 주인이 상당히 당황한 듯 막 소리친다. 그리고 실랑이가 일기 시작했다.

헌터 상점주는 이런 사기꾼 같으니! 라고 욕을 내뱉고 있다.

정말 정직하게 장사하는 이들도 그것을 듣고 합세하는 분위기였다.

가게 주인은 갑작스러운 상황에 당황하고 있었다. 미처 진정할 틈도 없이, 약간의 시간이 지나고 이번에는 경찰들이 들이닥쳤다. 그들은 서까지 오라고 말하고 있다.

갑작스러운 일에 당황한 건 재현도 마찬가지였다. 그때 유라의 목소리가 들려온다.

[조금 귀찮겠지만 오늘만 서에 가서 방금 있던 일을 잠

깐 네가 증언해 줘. 아빠가 이곳저곳 수소문해서 그 가게에서 사기를 당한 헌터들을 불러 증언을 더 확보할 거야. 그럼 가게 주인도 더 이상 빼도 박도 못하겠지. 아마 그 가게 주인이 다시는 헌터 상점계에 나타나는 일은 없을 거야. 다. 시. 는.]

"……."

그 말을 듣고 소름이 확 끼쳤다. 돈과 권력의 힘이 얼마나 무서운 건지 오늘 뼈저리게 깨닫게 된 재현이었다.

Chapter 02

이것도 일종의 투자

이런저런 일이 생겨 경찰서에서 증인이 된 재현은 다시 헌터 상점을 찾았다.

증인이 되어 말을 해 줬을 때 그 가게 주인의 표정은 아직도 잊을 수 없었다. 딱 봐도 막 초급 헌터가 된 이가 너무도 설명을 잘하자 마치 속았다는 표정이다.

실제로 막 초급 헌터가 된 것은 맞지만, 운디네에게 모두 들어서 알고 있는 것을 말했을 뿐이다.

증언을 하면서 가게 주인은 여전히 억울하다는 듯 연기를 했지만, 시간이 지나면서 사기를 당한 사람들이 줄줄이 찾아왔다.

이에 대한 소문이 막 퍼지고 찾아오는 증인들도 많아지자 경찰 쪽에서는 피해자가 더 있는지 알아보기 위해 대대적인 조사에 들어갔다.

이 일이 어느 정도 일단락되면 단체로 고소할 것 같다. 증언도 했겠다, 그 일은 이제 자신과 상관없는 일이다.

재현이 헌터 상점을 막 돌아다니며 이것저것 둘러보았다.

“좋은 것들은 많은데 하나같이 전부 비싸.”

매직 아이템이 아니어도 그 가격은 절대 무시하지 못할 것들이었다.

가장 싼 액세서리가 오백만 원부터 시작하니 살 엄두를 내지 못했다.

헌터들이 돈을 많이 벌어도 이곳에서 물건을 막 사니 돈이 부족한 것도 이해가 간다.

“이걸 어떻게 팔지?”

재현은 자신이 들고 있는 홉 고블린 부족장의 지팡이를 쳐다보았다. 가게를 둘러 다니며 비싸게 매입하는 곳을 찾고 있으나, 가격이 다들 제각각이다. 최소 오십만 원부터 시작해서 최대 오백만 원의 가치밖에 되지 않았다.

힘들게 잡은 홉 고블린 부족장인데 그 고생을 한 것에 대한 보상이 너무도 적다. 수지타산이 안 맞았다.

매직 아이템이라고 해도 거기서는 이게 무슨 매직 아이템이냐고 항의하기도 한다.

그냥 겉보기에 좋게 만들고 사기 치고 있는 거 아니냐고 할 정도다.

가게 주인들은 헌터 일을 하기보다 돈을 벌기 위해 시작한 사업이다 보니 일반인이 많은 것 같다.

"정말 감별해서 제 가격을 알아봐야 하나?"

1층 중앙에는 매직 아이템을 감별하는 곳이 따로 존재한다. 그곳에서 감별하면 아이템에 어떤 효과가 있는지 판별해 주고, 그 가격도 정해 준다고 한다. 다만 그 비용이 좀 되는 것도 사실이다.

감별하는 가격이 무려 삼백만 원. 그것이 매직 아이템이든 아니든 그 비용을 반드시 지불해야 하는 것이다.

부담스럽다. 이곳은 백만 원짜리가 너무도 쉽게 오가는 곳이었다.

다른 나라에 온 게 아닐까 싶을 정도로 시세가 너무 비싸다. 반대로 말하면 그만큼 벌 수 있을 때는 확실하게 벌 수 있다는 소리이기도 하다.

'반대로 그 사람 말고도 헌터들을 봉으로 아는 사람들도 많다는 얘기지.'

가게들마다 매입하려는 돈이 제각각이라 전혀 신용이

가지 않는다.

이건 너무한 가격이 아닌가 싶어 끈질기게 가게들을 돌아다니고 있다.

홉 고블린 부족장의 지팡이가 고작 삼백만 원을 넘기지 않으니 정말 그 가격이 맞는지 생각될 정도다.

"벌써 2층까지 다 돌았는데 마찬가지네."

초급 헌터용 전문 가게는 3층까지다. 그 이상을 가면 재현의 입장에서도 조금 부담이 된다.

중급 헌터용 전문 가게에 못 가는 건 아니고 자유로이 이용할 수 있기도 하지만, 아무것도 모르는 생초짜가 가면 가격을 더 후려칠 것 같은 기분이다.

최대한 이곳에서 팔고 싶은 마음이 없잖아 있었다.

자신이 아무리 경험 많은 헌터로 위장해도 대화에서부터 상인들이 단박에 초짜란 걸 알 것이다.

여기 있는 상인들은 죄다 엄청난 실력자의 헌터들을 만나 봤기 때문에 감으로도 알 것이다. 이 사람이 초보자인지, 고수인지.

3층을 계단으로 올라오자 수많은 액세서리 상점이 있는 것을 볼 수 있었다.

"우와, 굉장하네."

태어나서 이렇게 많은 액세서리를 본 것은 이번이 처음

이었다. 눈이 휘둥그레질 정도였다.

[재현아.]

'왜?'

헌터 상점에 도착하고 아무 말도 하지 않던 운디네가 갑자기 텔레파시를 걸었다. 재현은 가만히 운디네의 말을 들었다.

[근처에서 마나의 향기가 느껴져.]

'마나의 향기?'

[응. 앞으로 쭉 가 봐.]

재현은 운디네가 안내하는 곳에 따라 앞으로 걸어갔다.

운디네가 소환되지 않는 상태여서 그런지 찾는 데 좀 애먹고 있는 것 같아 소환해 주었다.

운디네는 다른 사람들에게 잘 안 보이기 위해 후드에 들어가 숨었다.

간단하게 입고 온 후드티가 이렇게 도움이 될 줄은 전혀 몰랐다.

"찾았다. 바로 여기야."

한동안 걷다 보니 운디네가 마나의 향기를 맡았던 곳을 찾아냈다.

운디네가 가리킨 곳에는 작은 상점이 운영되어 있었다. 다른 상점과는 달리 그 규모가 확실히 작았다.

재현은 일단 안으로 들어갔다.

그가 들어오자 젊은 여직원이 미소를 지으며 그를 맞이해 주었다.

"어서 오세요, 손님!"

이렇게 반갑게 마주해 주는 직원은 처음 봤다.

'그러고 보니 여기가 상당히 구석에 있었구나.'

워낙 눈에 띄지 않는 곳에 있다 보니 사람들이 많이 찾았을 것 같지 않은 곳이다. 그녀가 반갑게 맞이하는 것도 이상하지 않아 보인다.

"무슨 일로 오셨나요?"

"아, 별건 아니고, 이거 팔려고 왔는데요."

재현이 홉 고블린 부족장의 지팡이를 보여주자 그녀가 기겁했다. 왜 이러나 싶더니 해골에 계속 눈이 가고 있는 걸 알았다.

"아……."

무서울 만하다. 솔직히 자신도 가끔 실수로 해골을 만지거나 보면 몸이 움찔거리기도 하니까.

조금 겁을 먹은 것 같기에 어떻게 해야 할지 조금 난감했다. 지팡이를 숨긴다고 숨길 수도 없기에 어떻게 할까 생각할 때였다.

그녀가 갑자기 지팡이를 뚫어지도록 보는 것이 아닌가.

그러고는 안경을 고쳐 쓰며 재현에게 다가왔다.

“이건…… 잠시만요. 혹시 잠깐만 제가 봐도 될까요?”

“예? 아, 예. 그러세요.”

그녀가 갑자기 해골을 신경 쓰지 않고 지팡이를 들고 흥미롭게 이곳저곳 살펴보기 시작했다. 그러더니 굉장히 놀란 표정을 지었다.

“이, 이런 굉장한 매직 아이템을……!”

“예?”

“이거 정말 저희 가게에 파시려고요?”

갑자기 얼굴을 가까이 들이미는 그녀를 보며 기겁한 재현이었다.

당황한 그는 한 발자국 뒤로 물러났다. 그러자 그녀도 한 걸음 앞으로 다가왔다. 엄청나게 부담스러웠다.

“얼굴이 가까우니까 조금 떨어져 주세요.”

사람이 갑자기 이렇게 적극적으로 되면 조금 무섭다. 그녀는 그제야 자신이 실례를 했다는 걸 알고 얼굴을 붉히며 헛기침을 한다.

“천오백만 원.”

“예?”

“천오백만 원에 매입하겠어요.”

그 말을 듣고 재현이 자신이 잘못 들었는지 귀를 의심

했다. 천오백만 원에 사겠다니? 다른 가게들과 확실히 다른 가격이다.

"왜 그러시죠?"

"아니…… 이걸 그냥 보고 그 정도 가격에 매입하시려 한다니 조금 의외라서요."

매직 아이템이란 걸 확인절차도 거치지 않은 데다 화끈하게 천오백만 원에 산다고 하니 놀랄 수밖에 없었다.

장식으로 해골이 달린 이 지팡이가 그만한 가치가 있는지 의문이 들 정도다.

"아뇨, 이건 그 정도 가치가 충분히 있어요. 물론 저도 이걸 다시 되팔기 때문에 손해를 보지 않으려고 싼값에 사는 거예요."

어딜 봐서 그만한 가치가 있는 건지 전혀 모를 재현이다.

"……보아하니 그게 매직 아이템이라는 것만 알고 나머지는 전혀 모르는 상태였던 모양이시네요."

한눈에 알아보는 그녀였다.

그녀의 말대로 재현은 운디네가 이 지팡이도 매직 아이템이라고 해서 그렇구나 생각했던 것이다.

정확히 무슨 효과가 있는지 전혀 모른다.

이걸 판별하는 능력도 없고, 사용해 본 적도 없기 때문이다.

“이것은 강력한 저주 마법과 공격 마법을 사용할 수 있게 해 주는 매직 아이템이에요. 거기다 마력을 증폭시켜 주는 효과도 있죠. 하지만 이건 사용자의 몸과 마음을 좀 먹어 가는 저주도 함께 있어요. 몇 번 사용하는 건 괜찮겠지만, 계속 사용하면 몸도 약해지고, 마음은 무너질 거예요.”

“…….”

지팡이 하나가 그렇게 많은 옵션이 딸려 있는지 전혀 몰랐던 재현이었다. 그러다가 문득 의문이 들었다.

“어? 근데 그걸 어떻게 안 거예요?”

그렇다. 그의 의문은 그것이다. 운디네도 자세한 건 몰랐던 지팡이 능력이다.

그저 기분 나쁜 기운이 느껴진다는 것만 말했을 뿐, 구체적인 건 몰랐다. 하지만 그녀는 이걸 잠깐 보자마자 바로 알아내 버렸다.

그녀는 미소를 지었다.

“그건 제가 사물에 어떤 특성이 있는지 꿰뚫어 볼 수 있는 능력을 가진 초능력자라서 그런 거예요. 헌터 일도 했지만 능력이 전투와는 전혀 맞지 않아 조기 은퇴해 버리고 이렇게 가게를 차리게 된 거죠.”

"……."

아르바이트생인 줄 알았더니 이 가게 주인이었고, 전직 헌터란다. 확실히 그녀의 능력은 몬스터를 사냥하는 것보다 이렇게 아이템을 감별하는 것에 맞았다.

"그리고 사람도 어느 정도 판별이 가능하죠. 손님이 무슨 능력자인지도 알아낼 수 있어요."

"예? 정말요?"

"물론이죠. 확인시켜 드릴까요?"

재현이 고개를 끄덕이자 그녀는 그를 위아래로 훑어보았다. 전후 사정 모르고 이랬다면 기분 나빴을 것이다.

"물의 기운이 느껴지는 걸 보니 물의 기운과 밀접한 관계를 가지고 계시네요. 단단하고 끈끈하게 묶여 있는 마나로 이루어진 것을 보니 계약을 했군요. 소환 계열이네요. 그럼 후드에 있는 게 물로 이루어진 존재인 걸 보면 물의 정령과 계약을 한 건가요?"

"……!"

재현이 깜짝 놀랐다. 몇 초 동안 위아래로 훑어봤을 뿐인데, 그녀는 단박에 재현이 정령사라는 걸 알아냈다.

운디네는 이미 들킨 마당에 굳이 숨어 있을 필요를 느끼지 못했는지, 후드에서 나와 재현의 머리 위에 안착했다.

운디네도 조금 신기하다는 듯 그녀를 바라보고 있었다. 세상에는 정말 다양한 능력자가 있구나, 새삼 깨닫게 된 재현이었다.

"대, 대단하네요."

"손님이 못 믿는 것 같아서 확인시켜드린 것뿐이에요. 이제 믿으시겠죠?"

의심도 안 했지만 그녀의 말에 확실하게 신용이 갔다. 그녀는 진짜배기다.

확실히 다른 가게들보다 신용이 가고, 비싸게 매입하는 건 맞지만 정말 제값을 받고 파는 건지 의심이 가는 것도 사실이었다.

혹시 더 높게 받을 수 있지 않을까 하는 마음이 들었다. 사람이 갑자기 큰돈과 관련이 생기면 의심부터 하는 성격이다.

재현이라고 크게 다르지 않았으며 그는 그것보다 더한 의심도 할 수 있다.

허나 그의 의심은 곧 싹 사라졌다. 운디네는 그녀의 머리 위를 막 돌아다녔기 때문이다. 나쁜 사람은 아니란 뜻이다.

그것을 보고 확신을 가질 수 있었다.

"좋아요, 팔게요. 아, 그리고 물건을 몇 개 좀 볼 생각인데 가능할까요?"

"네, 물론이죠. 한번 둘러보세요."

재현은 진열된 액세서리들을 확인해 나갔다.

매직 아이템들은 파란색 글씨로 된 이름표가 붙어 있었다.

운디네를 통해 매직 아이템이 맞는지 확인해 보았다.

파란색 글씨의 이름표들은 전부 매직 아이템이 맞았다. 이런 걸로 사기를 치지 않는다는 뜻이다. 다만 그 가격이 너무 비쌌다.

가격은 상당히 비싸지만, 친절하게 어떤 효과가 있는지 적어 놓았다.

힘을 상승시켜 주는 반지, 체력이 좋아지는 목걸이, 물리 공격을 받았을 때에 대한 피해력 감소 등 엄청난 효과를 지닌 매직 아이템들이었다.

'뭐야, 이 게임 같은 능력들은?'

이래서는 마치 자신이 게임 캐릭터가 된 기분이다. 그래도 이런 게 현실에 있으면 유용한 건 부정할 수 없지만.

매직 아이템을 왜 사는지 알 것 같았다. 조금이라도 자신의 몸을, 생명을 보호할 수 있다는 말이 결코 허언이 아니었다.

이 사소한 차이로 생사가 오갈 수 있다. 누가 뭐라고 해도 돈이 생명보다 우선시될 수는 없었다. 죽으면 돈이 많아도 쓸 수 없다.

살아 있을 때야 돈을 쓰는 법이다.

헌터들이 그걸 가장 잘 알기 때문에 자신의 생명 유지에 조금이라도 도움이 될 매직 아이템을 사려는 것이리라.

그로 인한 사기도 심심찮게 벌어지는 것 같지만 말이다.

그렇게 신기해서 이것저것 확인하고 있을 때, 재현의 눈에 띈 것들이 있었다. 바로 팔찌와 목걸이였다.

'마나 증폭의 팔찌와…… 마나 회복력 증가의 목걸이?'

딱 봐도 이건 자신에게 필요한 매직 아이템이라는 걸 알 수 있었다.

정령력도 일종의 마나다. 마나가 늘어나면 정령력이 늘어나지 않을까 싶었다. 혹시나 해서 그는 운디네에게 물어보았다.

"운디네. 마나 회복력이 빨라지면 정령력도 빨리 회복돼?"

"응. 정령력도 마나로 이루어진 기운이니까."

그럼 마나 증폭은 말할 것도 없다는 소리다.

마나 증폭의 팔찌는 두 개, 마나 회복력을 늘려 주는 목걸이는 한 개, 목걸이와 비슷한 효과를 지닌 반지는 두 개.

마나 회복력의 반지는 목걸이와 가격이 똑같았다. 홉고블린 부족장의 지팡이를 팔고, 통장에 있는 돈을 탈탈 털면 충분히 구입할 수 있는 돈이다.

'이것들을 사면 돈이 부족해지는데…….'

통장에 있는 돈이 싹 날아간다. 아무래도 이걸 한꺼번에 구입하는 건 조금 무리가 있는 게 아닐까 싶었다. 하지만 그는 고개를 좌우로 저었다.

'돈이야 사냥을 하면 벌 수 있어. 그래, 이건 투자야. 내 생명을 지킬 수 있다는 것 자체로 충분히 값을 치를 가치가 있어.'

재현은 그렇게 생각하기 무섭게 마나와 관련된 것들을 돈이 되는 만큼 구입했다.

마나와 관련된 매직 아이템 중 귀걸이도 있었지만…… 솔직히 귀를 뚫는 게 싫어 다른 걸 찾아보다가 반지를 발견한 것이다.

"이렇게 구입할게요."

"우와…… 이렇게 대량으로 구입하는 사람은 처음 봤

어요."

아무래도 초급 헌터들이 돈을 그리 잘 버는 것이 아닌 터라 이런 광경을 보는 것도 힘들 것이다. 사 가도 한두 개 정도였을 것이다.

하지만 재현은 총 다섯 개의 매직 아이템을 구입했다. 이것도 거의 눈물을 머금고 하는 투자였다.

"판매하신 지팡이의 가격을 제외해도 총 가격은 칠천 팔백만 원이네요."

엄청나게 부담되는 가격이다. 개당 최소 천만 원이 넘어갔으니까.

하나의 가격도 만만치 않다. 재현의 입장에서도 한 번에 내기에 부담스러운 것도 사실이다.

"할부로도 가능해요."

그 말에 할부로 구입할까 생각했다. 하지만 재현은 곧 고개를 저었다. 할부로 조금씩 구입하면 더 많은 것을 사야 하지만, 매달 그만큼 돈을 벌어야 한다.

그것이 쌓이고 쌓이면 감히 갚을 엄두가 나지 않을 만큼 빚이 될지도 모른다.

차라리 그럴 바에 돈이 있을 때 한 번에 사 버리기로 했다. 재현은 그것들을 일시불로 결제했다.

사냥을 하면 금방 원래 자금을 복구할 수 있다고 생각

한 것이다.

"감사합니다, 손님."

첫 수익이 만족스러웠던지 그녀가 기뻐한다. 장사가 정말 안 되긴 안 됐나 보다. 표정에서 기쁨을 억누를 수 없다는 게 딱 보였다.

"여긴 믿을 만한 곳이네요."

솔직한 생각을 말하자 그녀가 미소를 짓는다.

"네. 당연하죠. 전 물건 가지고 고객을 속이는 걸 싫어하거든요. 다음에도 많이 이용해 주세요."

재현은 고개를 끄덕였다. 아영하고 유라에게 이 가게를 소개시켜 주는 것도 괜찮을 것 같다.

*　　*　　*

"확실히 매직 아이템이 좋군."

재현은 매직 아이템을 착용하고 그 효과를 단단히 볼 수 있었다.

마나 회복률이 올라가자 운디네의 소환 시간이 약 두 배가량 길어졌기 때문이다.

또 마나 증폭 덕분에 공격 마법을 사용할 때도 위력이 더욱 강해졌다.

비하는 정령력은 똑같은데 위력까지 눈에 띌 정도로
니 놀라울 수밖에 없었다.
하길 잘했네."
을 꽤 많이 썼어도 효과가 뛰어나니 결코 돈이 아깝
않았다.

헌터의 생명을 지켜 준다는 말도 괜히 나온 것이 아니었다.

이 정도면 평소에 어려워했던 몬스터들도 쉽게 잡을 수 있고, 위기 상황에서도 생존 확률이 높아진다. 그리고 평소와 같은 몬스터의 사냥은 훨씬 수월하리라.

"사냥이다, 사냥!"

재현은 곧장 사냥을 하기로 했다. 매직 아이템에 돈을 투자한 만큼 다시 복구해야 하기 때문이다.

벌써 트럭에 짐을 싣고 출발 준비를 마쳤다. 참고로 트럭과 짐들은 재현이 입원해 있는 동안 헌터 양성소 쪽에서 가지고 왔다.

정우는 그 일이 있은 후, 가벼운 처벌을 받았다.

의뢰를 본인들의 의지가 아닌 교관이 계약한 것이며 그로 인해 위험에 빠뜨렸다는 것이다.

원래대로라면 여기서 형사처분을 받고 감방에 들어가야 했지만, 재현, 아영, 유라가 선처를 부탁했다.

정우가 자신들을 위기에 빠뜨릴 생각도 없었으며 려 초급 헌터가 되게 도와주려다 일이 이렇게 된 것 고 선처를 부탁했기 때문이다.

위기에 빠뜨릴 생각이었으면 구해 주러 오지도 않 거라고도 어필했다.

그와 같은 교관들도 탄원서를 냈다. 그가 사리사욕을 위해 의뢰를 딴 것이 아니니 선처해 달라는 내용들이다.

정우는 의외로 사람들과 다방면으로 사람들과 친분이 깊었다.

그 덕분인지 정우는 면허정지 1개월 처분이 내려졌다. 1개월 후 다시 교관으로 일할 수 있다는 의미다.

형사처분에 비하면 정말 가벼운 처벌인 것이다.

이번 일이 일어난 건 유감이지만, 그래도 일이 좋게 끝나 재현도 이렇게 마음 편히 사냥을 나설 수 있게 된 것이리라.

*　　*　　*

초급 헌터가 되어 기존에 다녔던 몬스터 출몰 지역은 가지 못하게 되었다. 그 덕에 새로운 곳에 갈 수 있게 되었다.

"헌터 거래소와도 그리 멀지도 않고. 딱 좋군."

한껏 포근해진 날씨 덕분에 그의 옷차림도 상당히 가벼워졌다.

그래도 밤이 되면 춥기 때문에 두꺼운 옷들도 몇 개 챙겨 왔다.

이번에 약 3일 정도 머무를 생각으로 왔다. 짐도 비교적 가벼워져서 가방을 메고 가는 것도 별 부담이 되지 않았다.

최근 고시원에서 지내는 기간은 그리 길지 않았다. 어차피 조만간 새로 이사할 생각이기에 크게 신경 쓰지 않는다.

돈을 모으면서 천천히 집을 둘러볼 생각이다. 되도록 서울 쪽으로 하는 게 좋겠다고 생각한다.

강북도 괜찮고, 강남도 괜찮고. 그에게 있어 내 집 마련은 이제 더는 꿈 얘기가 아니기 때문이다.

재현은 트럭을 주차시키고서 위험 구역에 도착했다. 주차장이 따로 마련되어 있는 곳이었다.

주차장에 반 정도 차가 세워져 있었다. 헌터들만 들어올 수 있는 곳이기 때문에 민간인들의 차는 없을 것이다.

'대부분은 나처럼 솔로로 오지 않고 파티를 이뤄서 왔겠지?'

자동차의 수는 얼핏 봐도 50대가 넘는다. 차 한 대당 두 명으로 잡아도 최소 100명이 지금 위험 구역 안에서 사냥을 하고 있다는 소리다.

거기다 자가용을 끌고 오지 않고 버스를 타고 온 헌터도 있을 테니 그 수는 생각보다 많을 것이다.

그래도 워낙 넓은 구역이기 때문에 사람을 마주칠 일은 많이 없을 것 같다는 생각이 들었다.

마주친다 하더라도 간단하게 인사 혹은 잠깐 대화만 해도 무관하다. 대화를 하다가 정보를 얻을 수도 있으니까.

정보는 꼭 필요한 곳이다.

특히 이곳에 처음 와 보는 재현의 입장에서 사소한 정보라도 절실하다.

그는 일단 주차장에 걸려 있는 안내표를 확인했다. 마침 안내표에는 출현하는 몬스터의 정보가 나와 있다.

대표적으로 출현하는 몬스터 종류는 총 네 종이다.

그리고 최소 E급의 짐승형 몬스터이며 대부분 몬스터들이 무리를 이루어 다닌다고 하니 단독으로 행동하는 건 최대한 자제해 달라는 문구가 적혀 있다.

"E급 몬스터인데 뭘."

홉 고블린의 등급은 D—였다. 그걸 수습 헌터 때 잡았는데 E급 몬스터 가지고 무서워할 필요는 없었다.

간혹 돌연변이가 나와 C급이 나오기도 한다는데, 얼마 전에 토벌되었다는 모양이다. C급이 확실히 무섭기도 하지만 만날 일도 없으니 안심이다.

홉 고블린 부족장에 대한 안 좋은 기억이 있지만, 그건 보스급 몬스터였다.

같은 C급이라고 해도 보스급과 일반 몬스터의 격차는 상당하다.

보스급만 안 만나면 된다. 만약 만난다면 도망치면 그만이다.

되도록 보스급 몬스터는 혼자 잡지 않기로 한 재현이다.

홉 고블린 부족장보다 무서운 녀석들을 마주칠지도 모르니까.

파티를 맺었음에도 불구하고 그렇게 애를 먹었는데, 혼자서 다른 보스급 몬스터를 만나 싸우면 이길 수 있을 거란 생각은 들지 않는다.

저번 사냥을 교훈 삼아 되도록 몸을 사리면서 사냥을 하기로 한다.

"운디네, 나와. 사냥할 시간이야."

재현은 운디네를 소환했다. 운디네는 소환이 되자마자 그의 어깨 위에 올라탔다.

15센터미터 정도의 크기의 운디네가 어깨에 올라타도 별다른 무게도 안 느껴진다. 그는 운디네를 어깨에 태우며 산으로 올라간다.

산은 그렇게 험한 편이 아니었다. 가볍게 운동 삼아 올라가도 될 정도로 직당했다. 하지만 산 중간부터 완전히 달라졌다.

수월했던 길이 사라지고 험준해졌기 때문이다. 간혹 암벽등반을 하는 게 아닐까 하는 생각이 들 정도로 험준했다.

이런 곳에 계단을 설치해 헌터들이 쉽게 올라갈 수 있게 해야 되는 게 아닌가 싶었다. 하지만 그 생각도 곧 바뀌었다.

경치를 보려고 옆을 바라보니 녹슨 철골들이 여기저기에 널브러져 있었기 때문이다. 자세히 보니 계단처럼 보이는 것들이었다.

보아하니 과거에는 등산로로 활용했던 곳이지만, 몬스터들이 부숴 놓은 모양이다.

다시 설치하려고 해도 몬스터들이 부숴 놓을까 봐 아예 방치한 모양이다.

몇 번 설치한 흔적도 보이고, 그때마다 부숴 놓은 듯하다.

"몬스터들이 간혹 이럴 때 골치를 썩게 만드나 보네."

몬스터들이 출몰하지 않았다면 이곳은 과거처럼 아직도 많은 등산객들로 붐볐을 것이다. 지금 이곳에 오는 사람들은 헌터들밖에 없지만 말이다.

"재현, 9시 쪽에서 심상치 않은 움직임이 보여."

운디네의 말에 재현이 경계를 하고 언제든 공격할 준비를 끝마친다. 그리고 뭔가가 모습을 드러냈다.

"……다람쥐?"

다람쥐는 다람쥐인데, 체형이 지나치게 크다. 재현은 저 다람쥐가 안내표에 소개되어 있던 몬스터 중 하나라는 걸 기억했다.

"이름이 강철 다람쥐라고 했지?"

그는 킵보이의 레이저를 쏴 녀석의 정보를 확인한다.

이름: 강철 다람쥐

종류: 다람쥐과

등급: E

-딱딱한 철도 씹어 먹을 수 있는 이빨을 가진 무서운 다람쥐이다. 무리를 지어 다니지 않는다. 강철 다람쥐의 이빨에는 세균이 득실거리기 때문에 살짝 스치기만 해도 세균에 감염되어 지독한 병에 걸릴 수 있다. 녀

석의 이빨에 상처를 입어도 소독약을 뿌리면 감염 위험은 사라진다. 위험을 느끼면 도망칠 수 있기 때문에 신속히 제압해야 한다. (Tip. 소독하지 않고 곧장 포션을 뿌려 회복하면 세균이 더 빨리 증식해 감염 위험이 커지니 주의해야 한다.)

"위험한 녀석이네."

날카로운 이빨은 아니지만, 철도 씹어 먹을 수 있는 이빨이라니…… 거기다 추가적으로 세균까지 가지고 있으니 가장 주의해야 할 녀석이 아닌가 싶었다.

그래도 무리를 지어 다니지 않는 게 가장 안심이 된다는 것이다. 만약 무리까지 이루었다면 상대하기 가장 까다로웠을 테니까.

"일단 이빨에만 안 당하면 된다는 거지?"

이빨에만 안 당하면 세균에 감염될 일도 없다. 튼튼한 철제 옷을 입고 있는 것도 아니니 방법은 하나.

'원거리에서 녀석을 계속 공격한다!'

방법은 그것뿐이다. 근접전에서 녀석을 상대하기 까다로울 테니까. 덩치가 일반적인 다람쥐에 비해 훨씬 크다.

키만 따지면 70센티미터 정도다. 귀엽게 느껴져야 될 다람쥐가 비대해지면 솔직히 무섭다는 생각이 먼저 들었다.

“아쿠아 애로우!”

일단 녀석의 스피드를 재어 보기로 하고 정령력이 가장 적게 들면서 많이 쏘아 댈 수 있는 아쿠아 애로우를 사용했다.

아쿠아 애로우가 쏘아지자, 녀석이 위험을 감지하고 재빨리 움직인다.

“덩치는 커져도, 다람쥐는 다람쥐다 이거지?”

움직임은 과연 다람쥐라고 할 수 있다. 속도가 엄청나게 빨랐다.

녀석은 그 속도로 요리조리 잘 피하다가 방향을 재현에게로 틀었다. 정면으로 들이받을 생각인 모양이다.

“그렇게는 안 되지, 아쿠아 쉴드! 수중감옥!”

그의 앞에 물의 방패가 생성된다.

녀석의 이동 경로를 방해하고, 왼쪽에는 수중감옥을 만들어 내어 갈 수 있는 방향을 제한시켜 버린다.

아쿠아 쉴드는 평소에 보던 크기가 아니었다. 조금 더 커지고, 두꺼워졌다. 수중감옥도 그 크기가 훨씬 커졌다.

‘마나 증폭의 효과를 여기서 확실하게 느껴보는군!’

정령력이 빠져나가는 건 똑같은데 위력이 더 강해지니 재현의 입장에서는 더 좋을 수밖에 없었다.

녀석은 들어갈 경로가 한 곳밖에 나오지 않자 어쩔 수 없이 그가 의도한 곳으로 방향을 틀었다.

이대로 재현을 향해 달려들 생각이었지만, 그러기에는 시간을 너무 많이 빼앗겼다.

운디네는 이미 아쿠아 스피어까지 쓸 준비가 완료된 상태였다.

"아쿠아 스피어!"

물의 창이 녀석을 향해 거침없이 날아간다. 하지만 녀석은 특유의 반사 신경으로 아슬아슬하게 물의 창에 직격당하지 않았다.

만일 정통으로 맞았다면 몸이 두 개로 갈라졌을 것이다.

"끼긱!"

녀석은 공격을 멈추고 그대로 멈춰 섰다. 그러더니 갑자기 뒤로 내빼기 시작한다.

"이런, 녀석이 도망친다!"

이대로 놓칠 재현이 아니다. 재현이 녀석을 향해 손을 뻗으며 소리쳤다.

"아쿠아 쉴드!"

녀석의 정면에 아쿠아 쉴드를 만들었다.

아쿠아 쉴드의 원래 용도는 방어를 하는 마법이지만,

다르게 사용하면 길을 막는 데도 사용할 수 있는 것이다.

바로 정면에 아쿠아 쉴드가 만들어지자, 녀석이 피할 시간도 없어 머리를 들이받았다.

얼마나 세게 들이받았는지 그 소리가 산에 약하게 울려 퍼질 정도였다.

충격이 상당했는지, 녀석이 갈피를 잡지 못하고 해롱해롱거리다가 쓰러진다.

재현은 녀석에게 조심스럽게 다가갔다. 그리고 나무 막대기로 녀석의 배를 툭툭 건드려 보았다. 녀석은 꿈쩍도 하지 않았다.

"뭐야, 자기가 달리는 속도 때문에 머리를 들이받고 기절한 거야?"

재현은 황당한 표정을 감출 수 없었다.

자기도 컨트롤 할 수 없는 속도로 내빼다가 머리를 들이받고 기절하는 몬스터라니. 너무 바보 같아서 웃음이 나왔다.

재현은 한동안 그 자리에서 웃다가 녀석이 깨어날 수 있기에 얼른 처치하기로 했다.

"운디네. 이 녀석 기절해 있는 동안 익사시키자."

"알았어."

몬스터는 몸 자체가 굉장히 비싸기 때문에 온전히 가져

가면 돈을 더 많이 받아 낼 수 있다.

가장 몸성히 가지고 갈 수 있는 방법이 익사시키는 것이니 늘 하던 대로 실행에 옮겼다.

*　　*　　*

"오늘 수입은 좀 적은 편이네."

재현은 트럭에 실려 있는 몬스터들을 보며 머리를 긁적였다. 트럭에 실린 몬스터의 수는 다섯 마리밖에 되지 않았다.

이번에 잡는 몬스터들의 습성을 잘 모르기 때문이다.

산을 올라가다가 우연히 마주친 녀석들만 잡다 보니 사냥한 몬스터의 수가 적을 수밖에 없었다.

거기다 전투 도중에 도망친 몬스터들도 더러 있었다. 도망을 칠 때 어찌나 빠른지 잡는 게 여간 어려운 게 아니었다. 그것들을 잡았어도 수확은 많지 않았을 것이다.

"그래도 이 정도라도 팔아야지. 별수 있나."

그래도 아예 허탕을 치는 것보다 나았다. 습성도 잘 모르는 몬스터들인데 이 정도 수확을 이끌어 낸 건 대단한 거라 볼 수 있다.

트럭에 실려진 몬스터가 모두 강철 다람쥐라는 게 조금

웃지 못할 일이긴 하지만 말이다.

그는 별수 있나, 하고 잡념을 훌훌 털어 버리고 운전석에 앉아 키를 꽂았다.

시커먼 매연이 배기구를 통해 나오며 시동이 걸렸다.

헌터 거래소까지 매우 가깝다. 차로 5분 정도 거리. 걸어가는 것도 그리 오래 걸리는 편이 아니지만 일일이 옮기기에는 많은 시간이 소비된다.

석유가 좀 아깝지만 그래도 벌어들이는 돈에 비하면 기름값은 아무것도 아니니 크게 생각하지 않는다.

5분 정도 차로 타고 이동하자 헌터 거래소에 도착하고 차에서 내렸을 때였다.

"어? 재현 오빠?"

자신을 부르는 낯익은 목소리를 듣고 재현이 뒤를 돌아보았다. 그를 부른 사람은 다름이 아닌 아영이었다.

"오, 아영이구나. 세상 참 좁다. 여기서 널 만나네?"

"그러게 말이에요."

원래 대한민국 땅덩이가 좁긴 하지만 아는 사람을 다른 지역에서 만나기란 어려운 일이다. 따로 연락도 하지 않았는데 이렇게 만나니 반가운 마음이 들었다.

"여긴 무슨 일로 왔어?"

"아, 이번에 사냥감을 팔려고요."

아영이 양손에 들고 있는 몬스터를 들어 올렸다.

그녀가 잡은 몬스터는 재현과 같은 강철 다람쥐였다. 그리고 그 다람쥐들은 가죽이 많이 손상되어 있었다.

불에 그슬려 털이 타고, 가죽은 쓸모가 없어졌다. 그나마 건질 수 있는 건 내장과 뼈, 수정체가 전부일 것이리라.

불을 다루는 초능력자다 보니 불가피한 일일 것이다.

"너도 근처에서 사냥을 했나 보구나?"

"예. 오빠는 많이 잡으셨어요?"

"수확이 좀 적다."

재현은 트럭 뒤에 실린 강철 다람쥐들을 보여 주었다. 아영은 그것을 보고 감탄했다.

"오빠가 사냥한 것들은 깨끗하네요?"

"아무래도 그렇지? 물로 된 공격을 사용하다 보니까."

사실 전부 다 기절시켜 두고 익사시켰다는 뒷말은 하지 않는 재현이다. 여자가 듣기에는 조금 잔인하게 들릴 수도 있기 때문이다. 아영은 내심 부러운 표정을 지었다.

"저도 이렇게 깔끔하게 가지고 오고 싶은데 제 능력상 그게 안 되니까 부럽네요."

파이로키네시스는 모든 것을 다 태워 버리는 위력을 지녔다는 장점이 있지만, 지금과 같은 상황에서는 그것이

단점이 된다. 특히 몬스터를 사냥할 때 말이다.

되도록 몬스터 사체가 훼손되지 않으면 비싼 값에 거래할 수 있지만, 불의 능력자는 그게 불가능하다.

불의 능력을 안 쓰고 사냥을 하다가는 자기 목숨만 위험해진다. 아마 돈을 벌기는 좀 힘들 것이다.

같은 수의 몬스터를 사냥해도 비교적 수입이 적을 수밖에 없을 거라 생각하니 안쓰러워졌다.

아영의 시무룩해진 표정을 보니 마음이 약해졌다.

"파티는?"

"구하려고 해도 제 능력을 듣고 다들 안 되겠다고 하더라고요."

확실히 불의 능력을 쓰는 능력자가 파티에 끼면 돈을 많이 못 벌 것이다.

온전히 건질 수 있을 시체도 그녀의 능력이 새까맣게 태우리라. 몬스터의 가죽은 조금의 상처 때문에 가격이 천지 차이가 될 수 있다.

토벌이라면 자신 있게 나설 수 있지만, 돈을 벌기 위한 사냥이라면 그 누구라도 같이 다니기 싫어할 것이다.

그리 생각하니 재현이 안쓰러운 마음이 들었다.

저렇게 다 태워 먹은 몬스터를 팔아 봤자 돈도 얼마 받지 못할 것이다.

"음…… 그럼 여차하면 같이 파티라도 할래? 나랑 같이 파티를 맺으면 최대한 깨끗한 상태로 몬스터를 팔 수 있을 테니까."

그 말에 아영이 놀랍고도 기쁜 표정을 지었다.

"정말 그래도 돼요?"

"안 될 건 없지. 나는 오히려 네가 들어오면 환영인걸?"

오히려 아영이라면 파티원으로서 환영이다. 아는 사람과 파티를 하면 그만큼 뒤를 맡길 수 있으니까.

아직 무리를 지어 다니는 몬스터를 만나지 않았지만, 다수를 상대해야 할 때는 파티원이 절실해진다.

아영이라면 믿을 만하고, 전에 함께 팀워크를 맞았기 때문에 사냥도 훨씬 수월할 것이라 생각했다.

아영은 미소를 지었다.

"고마워요. 마침 파티가 절실했던 차였어요. 부족하지만 잘 부탁드려요."

"그래. 나도 잘 부탁한다."

Chapter 03
2인 파티

아영과 재현은 헌터 거래소에서 일단 몬스터를 팔아 치웠다.

다섯 마리로 칠백만 원 돈을 번 재현과 다르게, 아영은 새까맣게 탄 두 마리의 몬스터로 이십만 원밖에 벌지 못했다.

몬스터의 상태가 워낙 좋지 않아 건질 수 있던 것이 수정체와 뼈밖에 없었기 때문이다.

그것을 보고 안쓰러운 마음이 배가 되고, 자신을 더욱 부러운 눈으로 바라보게 되는 아영이다.

재현은 그녀와 파티를 맺고서 같이 산에 올랐다. 한 명이 추가되니 이렇게 마음이 든든할 수 없었다.

재현은 앞장서서 주위를 살피는 역할이고, 아영은 뒤에서 몬스터의 반응이 감지되는지 확인하는 역할이다.

둘 다 한꺼번에 하기는 힘들기 때문에 이렇게 나누는 것이나.

그렇게 사냥을 다니니 금방금방 사냥감을 발견하고, 놓치지 않을 수 있었다.

한 명이 추가되었다고 사냥이 너무 수월해졌다. 아영이 센스도 있어서 같이 다니면 여러모로 편한 일도 있었다.

아영의 능력은 밤에 더욱 빛을 발했다. 전신에 불을 붙여 주위를 밝혀 몬스터들을 불빛으로 유인하는 것이다.

몬스터들은 불빛에 민감해 불빛을 보면 바로 몰려들었다. 함정을 파두면 알아서 걸려들어 편했다.

그런데 희한하게도 여태껏 잡힌 몬스터들은 죄다 강철 다람쥐뿐이었다.

나중에 헌터들에게 물어보니 이곳은 몬스터들이 각자 영역을 가지고 있다는 것이다.

그러니까 아영과 재현은 계속 강철 다람쥐의 서식 영역에 있었기 때문에 강철 다람쥐만 잡았던 것이다.

그래도 차곡차곡 트럭에 실리는 몬스터들을 보며 아영도, 재현도 흐뭇해졌다.

그렇게 사냥을 해 나가다가 그들은 더 강한 몬스터들을 잡기로 했다. 이번에는 다른 몬스터의 영역에 들어섰다.

몬스터들의 영역은 나무에 새겨진 발톱으로 확인할 수 있다고 한다. 나무에 자신들의 영역을 표시하기 때문에 조금만 둘러보면 확인할 수 있었다.

그들은 나무에 세 개의 발톱 자국이 있는 영역에 들어섰다.

"1시 쪽에 몬스터 반응이 있어요. 몬스터들이 여러 마리인 것을 보니 무리를 이루고 있는 것 같아요."

"그래? 안 들키게 조심스럽게 이동하자."

아영이 말한 곳을 향해 조심스럽게 이동했다.

천천히 이동하자 녀석들이 보이기 시작했다.

몬스터들은 개과 동물이었다. 덩치도 크고, 이빨도 날카로운 게 늑대 같았다. 재현과 아영은 은폐를 한 채 위치를 잡았다.

"좋아. 바람이 부는 방향도 좋군."

바람도 정면에서 불고 있어 냄새로 감지되지도 않을 안전한 위치였다. 한눈에 녀석들을 확인할 수 있는 위치다. 녀석들은 총 여섯 마리였다. 재현은 녀석들을 향해 레이저를 쏘고 정보를 확인했다.

이름: 버서크 울프

종류: 개과

등급: E+

—버서크 울프는 매우 흉포한 몬스터다. 평범한 늑대는 먼저 공격하거나 어지간히도 배가 굶주리지만 않으면 인간을 공격하지 않지만, 버서크 울프는 다르다. 녀석은 인간을 발견하는 즉시 달려든다. 녀석이 화나면 이성을 아예 잃는 일이 종종 있는데, 그것을 버서크 모드에 들어갔다고 말한다. 그 상태가 가장 위험하면서 기회이다. 근육량이 갑자기 증가해 강해지고 빨라지지만, 움직임이 매우 단조로워지기 때문이다. (Tip. 근육량이 갑자기 증가하는 만큼 신체적인 무리가 많이 가기 때문에 원래대로 돌아오면 움직이지 못한다. 이를 잘 이용하는 것도 방법이다. 무리를 이루고 다니니 되도록 개체 수를 줄이고 상대하는 게 편하다.)

"음…… 뭔가 위험한 냄새가 나는 몬스터네."

홉 고블린보다 등급은 낮지만, 그래도 위험해 보이는 녀석들이다.

등급이 낮다고 무조건 사냥하기 쉬운 것은 아니다. 같은 등급이라도 사냥하기 까다로운 몬스터가 있고, 더 수

월한 몬스터가 있기 때문이다.

능력자들의 상성에 따라 사냥하기 편한 것과 어려운 것도 있지만, 전투 스타일에 따라 많이 갈린다고 볼 수 있다.

"인간에게 먼저 달려드는 늑대라니. 역시 몬스터라는 영향이 큰 걸까요?"

"그것보다 나는 녀석이 버서크 모드에 들어간다는 게 가장 신경 쓰이는데? 몬스터는 간혹 신기한 게 상식으로 이해할 수 없는 일을 벌인단 말이지."

몬스터란 존재가 출현하는 것이 당연시되는 지금도 아직 몬스터에 대한 연구가 활발히 진행 중이다.

어떻게 공간을 넘어서 출몰하게 되었는지, 지능이 있는 몬스터들은 어떤 식으로 신기한 힘을 가지게 됐는지 등등을 말이다.

몬스터의 출몰 전에 지구에는 비슷한 짐승들도 있지만, 아직도 상식으로 이해할 수 없는 힘을 지닌 녀석들이다.

조그마한 토끼 같은 녀석이 콘크리트를 부숴 놓는 경우도 있기 때문이다.

사람들은 이제 그 모든 걸 '몬스터니까.' 라는 생각으로 상식을 그리 이해하고 있는 실정이다. 재현도 마찬가지이고 말이다.

"버서크 모드는 조심해야겠네요."

"그래."

재현이 고개를 끄덕이고, 운디네에게 말했다.

"운디네. 저 녀석들이 신경 쓰이게 자꾸 공격해 줘."

"알겠어."

일단 운디네로 버서크 모드로 만들고 얼마나 위험한지 보려는 속셈이다.

운디네는 녀석들에게 날아가 톡톡 쳐대며 녀석들의 시선을 쏠리게 만들었다.

녀석들이 발톱을 휘둘러 보지만, 물리 공격은 전혀 통하지 않는 운디네에겐 헛된 일을 하는 것뿐이다.

"수중감옥, 아쿠아 스피어. 아쿠아 애로우."

재현은 계속 기술을 말하며 하나씩 공격해 나갔다. 본인은 멀리서 구경만 하며 이 상황을 즐긴다. 녀석들의 힘이 완전히 빠질 때를 노릴 생각이었다.

"재현 오빠는 사냥을 편하게 하시네요."

"이것도 하나의 방법이지. 나만 이런 게 아니라 소환계열의 능력자들은 다 이런 식으로 사냥할걸?"

아영이 보기에는 확실히 그럴 것이다.

소환사는 직접적인 능력이 없기 때문이다. 주로 소환물에 명령을 내릴 뿐이니까.

하지만 소환 계열은 소환 계열만의 어려움이 있다. 자신도 앞에 나서서 싸우고 싶지만 신체적인 능력이 받쳐주질 못한다.

소환사는 오히려 앞에 나서서 싸우는 게 더 민폐다. 거기다 후방에 있다 보니 적들의 상황을 계속 주시하는 것이 중요하다.

자신의 소환물에만 집중하는 것이 아니라, 파티원들에게 미리 위험을 알려야 하는 것이다.

남들이 보기에는 소환 계열이 편해 보이지만, 소환 계열 능력자도 그 나름의 고충이 있는 법이다.

물론 재현은 파티를 많이 이뤄 본 적이 없어 그런 일이 전혀 없었지만 말이다.

"난 가끔씩 너같이 정면에 나서서 싸우는 게 부러울 때도 있어. 뒤에서 명령만 내리면 따분하기도 하고."

"그러다가 공격당하면 얼마나 아픈지 아세요? 그래도 해 보실래요?"

"음…… 그건 확실히 좀 그렇겠군."

그래도 전투 중인데 이렇게 여유롭게 수다를 떠는 걸 보면 확실히 편하게 사냥을 하는 건 맞긴 하다.

그렇게 잠깐 수다를 떨며 두 마리를 녹다운시켰을 때, 갑자기 바람의 방향이 바뀌었다.

정면에서 불던 바람이 뒤쪽에서 불게 된 것이다.

바람을 등지고 있는 형국이 되어 버렸다. 재현과 아영의 냄새가 결국 녀석들에게 퍼지게 되었다.

"컹컹!"

"이런. 들켰다."

두 녀석은 전투 중 크게 다쳐 축 처진 상태로 누워 있는 상태다. 편하게 사냥할 수 있었는데, 운이 나빴다.

바람이 뒤에서 불어 직접 싸우게 되었다. 하지만 재현은 당황하지 않고 운디네를 불러들였다.

하지만 거리가 워낙 되고, 녀석들의 속도가 있어 운디네가 더 늦게 도착할 것 같았다. 거기다 녀석들의 진행 방향에는 재현이 있었다.

운디네가 공격을 날려도, 녀석들이 피하면 재현이 맞을 각도가 나온다.

남아 있던 네 마리가 재현과 아영을 향해 달려오기 시작한다. 녀석들도 운디네를 조종하는 사람이 있다는 걸 알아낸 모양이다.

운디네에게 시선조차 주지 않고 망설임 없이 달려드는 걸 보면 말이다.

"운디네, 아쿠아 소드!"

이번에 물을 여러 형태로 운용할 수 있는 운디네의 특

성상 새로 개발한 기술, 아쿠아 소드!

아쿠아 소드는 아쿠아 스피어와 같은 기술이다. 하지만 그 쓰임새가 전혀 다른 기술이다.

바로 아쿠아 소드는 적을 향해 날리는 것이 아니라 재현이 직접 들고 싸우는 것이기 때문이다.

운디네와 떨어져 있는데, 자신은 몬스터의 공격을 받을 때를 대비한 기술이다.

그의 손에서 수분이 모아지며 검의 형태가 만들어졌다. 그것을 보며 아영이 어이없는 표정을 지었다.

"뭐예요, 정면에 나서서 싸울 수 있었잖아요."

그리고 그녀가 손을 휘두르자 녀석들의 정면에 불로 이루어진 기둥이 만들어졌다. 녀석들이 갑자기 멈춰 섰지만, 그 옆을 빠져나온 녀석이 있었다.

빠져나온 녀석은 멈출 생각 없이 계속 그의 목을 물어뜯을 기세로 달려온다. 재현은 그 녀석을 쭉 주시하며 대답해 준다.

"가능은 한데 이거 만들어 내는 것도 정령력 엄청 소비해. 그리고 유지하는 데도 정령력을 지속적으로 소모한다."

아까 전까지 정면에 나서서 싸우는 게 부럽다느니 뭐니 그런 소리를 했으니 그걸 보고 황당할 수밖에. 재현은 달려든 녀석을 향해 물로 이루어진 검을 휘두른다.

"깨갱!"

한 녀석이 일격에 나가떨어졌다. 너무 쉽게 베어지는 게 아닌가 싶을 정도였다.

그 틈에 그의 옆에 도착한 운디네를 보고 아쿠아 소드를 풀었다.

"이건 나만 아니라 운디네랑 전에 계약했던 계약자들도 생각해 낸 거야. 이런 간단한 건 누구나 다 생각은 해 봤겠지. 근데 사용해 보니 유지하는 데 꽤 많은 정령력이 소비돼서 안 쓰게 됐다고 하더라고."

"그런 거군요."

아영이 이해했다는 듯 고개를 끄덕였다.

확실히 그녀도 능력을 사용하면서 불의 형태를 만들고 유지하기 위해서는 막대한 정신력이 소비되기 때문이다. 정령력도 같은 원리로 소비되는 게 아닌가 싶었다.

"그래서 몬스터들에게 나 혼자 노출되었을 때 쓰기로 했어. 거리에 상관없이 운디네에게 말하면 만들어 주거든."

최소한 무기가 있는 것과 없는 것의 차이는 명백하다.

몸이 허약한 사람이라도 무기를 들고 있으면 그것마저도 위협적으로 느껴지니까.

체력이 좋고, 전투 센스도 있는 그가 들고 있으면 더할 나위 없이 좋을 것이리라.

"이럴 줄 알았으면 홉 고블린에게서 얻은 무기들을 팔지 말 걸 그랬나 봐요."

"아냐. 그건 그냥 부엌칼 같은 거잖아. 녹슨 것도 꽤 되고. 굳이 필요하다면 헌터 상점에서 더 좋은 걸로 구입하면 되니까 별로 미련은 없어. 근데 이제 수다는 그만두고 전투에 집중하자."

불의 기둥도 사라지고, 녀석들의 모습이 나타난다. 녀석들은 잔뜩 경계를 하며 그들의 주위를 포위한다.

천천히, 거리를 재며 타이밍을 맞출 준비를 하는 모양이다.

워낙 호전적인 녀석들인지 도망친다는 선택은 생각도 안 하고 있었다.

도망친다고 재현이 그냥 보내주지 않겠지만 말이다. 오히려 뒤를 보이니 좋다고 끝까지 추격할 사람이 재현이다.

"눈치를 보고 있네요. 도망치지 않을까요?"

등을 맞대며 서로의 뒤를 봐주는 그들. 재현은 고개를 저었다.

"순순히 도망치지는 않을 거야. 그러니까 우리가 먼저

공격해 버리자. 수중감옥!"

일단 녀석들이 경계하고 있을 때 수중감옥을 사용해 한 녀석을 붙잡는 것에 성공했다.

갑작스러운 공격에 당황할 만도 한데, 녀석들은 재현이 공격하기 무섭게 달려든다.

"꺄, 신호 좀 주고 공격하세요!"

신호도 안 주고 갑작스럽게 공격을 날려 오히려 아영이 더 당황했다. 그녀가 다급히 자신의 능력으로 방패를 만들었다.

조금이라도 늦었으면 공격에 허용당할 뻔했다. 본능적으로 재빨리 능력을 사용했기에 망정이지, 안 그랬으면 이빨에 물렸을 것이다.

그녀가 자신에게 달려드는 몬스터의 움직임을 저지하는 동안, 재현은 아쿠아 스피어와 아쿠아 애로우로 녀석들에게 조금씩 피해를 준다.

그러다가 녀석들이 갑자기 움직임을 동시에 멈췄다. 그리고 녀석들의 몸에서 이상 현상이 일어났다.

"어, 뭐야?"

전투 도중에 갑자기 움직임을 멈추다가 체형이 변화한다. 녀석들의 몸이 불어나고, 근육이 붙기 시작한 것이다.

녀석들의 흰자위가 붉은색으로 바뀌었다. 얼굴 곳곳에는 핏대까지 서 있었다.

"잠깐. 저거 혹시……."

불길한 예감이 들었다. 그리고 그 불길한 예감은 그대로 적중했다.

"아우~!"

하늘을 향해 포효하는 버서크 울프. 그들의 이름 그대로 녀석들은 현재 버서크 모드에 들어간 것이다. 녀석들의 포효가 메아리쳤다.

*　　*　　*

버서크 울프의 버서크 모드는 녀석들을 신체를 완전히 변화시켰다.

녀석들은 자신의 몸을 혹사시켜 눈앞에 보이는 적을 없앨 생각으로만 가득했다.

재현과 아영은 왔던 길로 도망치면서 녀석들에게 공격을 가했다.

"이 녀석들, 아픔조차 모르는 건가?"

접근한 녀석들에게 아쿠아 애로우로 공격했지만, 녀석들은 맞으면서 계속 돌진해 왔다.

녀석들의 입에서는 침이 질질 흐르고 있었다.

극도의 흥분 상태에서는 엔도르핀이 왕성하게 분비되어 고통을 못 느낀다고 한다. 녀석들이 딱 그 꼴이다.

아영은 녀석들이 너무 빨리 다가와 다급히 불의 벽을 만들어 냈다. 하지만 녀석들은 그 벽을 뚫고 나왔다.

"아예 불 속에 뛰어들기까지 해요!"

몬스터들은 불을 무서워하기 때문에 거대한 불을 보면 움직임을 멈추는 게 대부분이다. 허나 녀석들은 그 벽을 뚫었다. 자기들 몸에 불이 붙은 것도 모른 채 달려드니 그게 더 공포였다.

하지만 고통을 못 느낀다 하더라도 데미지가 없을 수는 없었다.

그 증거로 한 녀석이 다리의 힘줄이 끊어져 기동성이 사라졌기 때문이다.

아직 공격성은 남아 있지만, 무모하게 돌진하면 누적된 데미지가 녀석들의 몸만 좀먹어 갈 뿐이다.

"이 녀석들 일직선으로만 오네."

처음에는 다양한 각도에서 타이밍을 재는 영리함과 진형을 갖추는 듯한 모습을 보였다.

그랬던 반면, 녀석들이 버서크 모드에 들어가니까 오직 물어뜯을 생각으로만 가득하다.

확실히 힘과 스피드는 빨라졌지만, 그만큼 상대하기가 더 편했다. 정면에서만 안 싸우면 됐다.

그는 정면에서 돌진해 오는 한 녀석의 길을 막기로 했다.

"아쿠아 쉴드!"

쾅!

한 녀석이 무리하게 돌진해 오다가 아쿠아 쉴드에 부딪쳤다. 머리가 까져 피가 흐르고 있었지만, 아쿠아 쉴드를 부수려고 더욱 밀어붙인다.

아쿠아 쉴드의 지속 시간은 짧다. 어차피 5초 후에 없어질 것이다. 그 안에 한 녀석을 전투 불능으로 만들어야 한다.

"아쿠아 버스트!"

거침없는 물대포가 나머지 녀석에게 뿌려졌다.

녀석이 안간힘을 쓰고 버티려고 했지만, 뒤로 계속 밀렸다.

그리고 아쿠아 쉴드의 지속 시간이 다 되고, 다시 달려든다.

"아쿠아 소드!"

근접전에서 가장 효과를 발휘하는 기술인 아쿠아 소드를 만들어 달려드는 녀석의 이마에 칼을 박았다.

푹 들어가는 그 느낌이 손끝을 타고 전해진다.

몬스터라도 직접적으로 베는 건 썩 유쾌한 기분은 아니었다. 그 공격을 받고 몸이 힘없이 무너진다.

이제 남은 녀석은 단 한 놈!

아쿠아 버스트를 정면으로 맞고 아직 정신을 못 차리고 있는 녀석이다.

헌데 녀석의 눈은 거의 원래대로 돌아오고 있었다. 버서크 모드가 풀려 가고 있는 것이다. 지금이 기회라 판단하고, 재현이 서둘러 외친다.

"아쿠아 스피어!"

물의 창이 녀석의 몸에 박혔다. 녀석의 몸이 무너져 내렸다. 전투는 이것으로 끝이었다.

재현과 아영은 전투가 끝나기 무섭게 누가 먼저라고 할 것도 없이 자리에 주저앉았다.

"우와, 무서웠다."

"저도요."

그 둘은 이마에 맺힌 식은땀을 닦아 내며 안도의 한숨을 내쉬었다. 버서크 모드가 된 녀석들의 기백에 솔직히 오금이 저려 왔었다.

또 자살 돌격처럼 계속 저돌적으로 달려드니 그 공포는 솔직히 대단했다.

하지만 그 덕분에 쉽게 잡을 수 있었다는 건 부정할 수 없었다.

"솔직히 버서크 모드가 무서웠지만, 오히려 상대하기 더 편하지 않아?"

"예, 저도 그렇게 생각해요. 정면으로만 계속 돌진해 오고, 공격에 계속 맞아 주니까요."

공격을 당하면 꽤 큰 피해를 입었겠지만, 공격만 당하지 않으면 깔끔하게 해결된다.

재현과 아영은 녀석들의 힘이나 스피드가 확실히 많이 변했다는 걸 느꼈었다.

그 때문에 계속 거리를 벌려 가며 싸웠다. 그렇기 때문에 도망가면서도 충분히 녀석들을 상대할 수 있었다.

"그래도 지치네요."

"뛰어다니며 싸워야 하다 보니 힘든 거지."

재현이 먼저 먼지를 털고 일어났다. 버스크 울프의 시체를 회수할 생각이었다.

버서크 울프의 시체는 거의 다 온전한 상태였다. 불길에 뛰어든 녀석들의 털은 거의 다 탔지만, 건질 건 많아 보였다.

그는 따로 떨어져 있던 버스크 울프의 시체를 한곳에 모아두었다. 버스크 울프의 시체를 보며 재현이 감탄했다.

“힘 조절을 잘했나 보네? 네가 주로 공격했던 몬스터들의 상태가 아주 양호해.”

불의 능력이라 새까맣게 태워 먹기 일쑤인데, 이번 사냥감들은 상태가 아수 양호하다.

털이 조금 탔을 뿐, 거의 제값에 팔 수 있을 것 같았다.

“홉 고블린과 싸우면서 힘 조절하는 연습도 꽤 했거든요. 아직도 불안정할 때도 있지만, 훨씬 양호해졌어요.”

“그렇구나. 노력을 많이 했나 보네. 산불도 안 난 걸 보니까.”

예전에 파티를 맺었을 때는 화재 진압은 모두 재현의 몫이었다. 하지만 지금은 화재가 번지지 않았다.

“이건 다 오빠 덕분이죠. 오빠가 운디네로 물을 써서 더 안 탈 수 있던 거예요. 아마 저 혼자 사냥했더라면 그 불이 더 번져서 산불이 났을 거예요. 산불이 안 났다 하더라도 몬스터들은 전에 봤던 강철 다람쥐 꼴이 났을 거고요.”

그녀의 말대로다. 몸에 불이 붙었던 버스크 울프는 재현이 최대한 데미지를 입었을 때 재빨리 물을 뿌려 시체가 타 버리는 걸 막았다.

그것만 해도 꽤 큰 데미지를 줬기 때문에 버스크 울프

는 움직이지도 못했다.

"재현 오빠는 정말 대단한 것 같아요. 재현 오빠도 싸우기 바쁘셨을 텐데, 저를 신경 쓰면서 대처해 줬잖아요."

그는 머리를 긁으며 시선을 피했다. 칭찬은 싫어하지 않지만 너무 높여 주면 부담스러운 것이 사실이다.

"혼자서도 충분히 잡을 수 있으셨을 텐데 괜히 저 때문에 이렇게 되지 않았나 죄송한 마음이 들어요."

재현은 그녀의 말에 고개를 가로저었다. 다른 건 몰라도 혼자서 충분히 잡을 수 있다는 말은 긍정할 수가 없었다.

"아냐. 이걸 잡을 수 있었던 것도 다 네 덕분이야. 나 혼자서면 절대 혼자서 못 잡았을 만큼 버서크 울프는 강한 몬스터니까. 등급이 낮은 녀석들은 어떻게든 커버가 가능한데 이 녀석들은 나 혼자 사냥해서 싹 잡을 자신이 없어."

혼자서 사냥하기에는 홉 고블린이 더 편했다. 무리를 이루어도 그 녀석들은 갑자기 폭주해서 돌진해 오지는 않으니까.

만일 재현 혼자서 버서크 울프와 전투를 치렀다간 크게 다쳤을 것이다.

아영이 녀석들에게 지속적으로 데미지를 줬기에 망정이다.

그녀가 적절한 타이밍에 공격을 하지 못했더라면, 이겼다고 하더라도 심신은 심신대로 지친 상태였을 것이다. 이번 사냥의 공은 아영에게 돌려도 무관할 정도다.

"그런가요……?"

"응."

재현도 이게 거짓말이면 좀 찔리는 감이 없잖아 있었겠지만, 사실을 말하고 있기 때문에 찔리는 게 없었다. 그녀는 빙긋 웃었다.

"고마워요."

순수하게 그 웃는 모습을 보고 절로 미소가 그려지는 재현이었다. 동생을 챙기는 오빠가 된 기분이다.

*　*　*

그렇게 주말마다 매번 아영과 사냥을 나갔던 재현은 새로운 몬스터들에게 점점 익숙해지고 있었다.

주말에 같이 사냥하고, 한 번에 트럭에 태워 팔아치우는 형식이었다.

반반씩 나눠 갖는다 해도 개인에게 꽤 많은 수익이 들

어왔다. 아영과 3주 동안 같이 사냥을 나갔다.

합쳐 봤자 6일 정도밖에 되지 않지만, 아영과 파티를 맺는 날에는 엄청난 수익을 벌어들였다.

평일에도 거의 쉬지 않고 사냥을 하면서 돈을 모으니 1억에 가까운 돈이 그의 수중에 들어왔다.

전에 매직 아이템에 투자했던 돈을 메우고도 더 벌었다.

재현은 아영이 학교에 가는 평일 날에도 혼자서 열심히 한 결과다. 또 몬스터들에 익숙해진 것도 크게 한몫을 했다.

그간 몬스터들의 습성을 연구한 결과다.

아영도 적지 않은 돈을 만진 덕분에 그 많은 돈을 어떻게 써야 할지 고민하고 있었다. 듣기로는 적금을 들고 대학 등록금을 마련할 생각이라고 한다.

헌터 일도 하면서 자기 개발에 열심히인 그녀를 보면 본받을 점이 많았다.

어린 나이에 미리 돈을 버는 셈이고, 자신이 돈을 벌어 대학을 갈 생각을 하고 있으니까.

헌터란 직업이 유망하다고는 하지만, 언제 어떤 일이 벌어질지 모르기 때문에 미리 돈을 저축하는 이도 적지 않다.

재현은 자신의 전투 스타일에 혼자서 잡을 수 있는 몬스터와 파티를 맺어야 하는 몬스터를 구분하게 되었다.

이곳은 수습 헌터일 때 잡았던 몬스터들과는 차원이 달랐다.

재현도 파티를 맺고 다녀야 할 정도로 힘든 녀석들도 존재했다.

특히 버서크 울프의 존재가 그러했다.

다른 몬스터들은 거리를 벌려 가며 싸우거나, 자신의 생명에 위협을 느끼면 도망치기 때문에 추격하면서 싸운다.

하지만 버서크 울프는 후퇴라는 말 자체를 몰랐다.

눈앞에 적이 있으면 그 적이 죽거나, 자기가 죽거나 하나였다. 그렇게 끈질기게 달려드는 녀석들은 재현에게 맞지 않았다.

재현의 주특기가 정령 소환이다 보니 근접에서 싸우는 타입이 아닌 것이다. 후방에서 적을 교란시키고, 데미지를 계속 주는 것에 특화된 능력이다.

재현은 트럭에 짐을 가득 실은 채 어디론가로 이동하고 있었다. 그는 이번에 집을 새로 얻었기 때문이다.

그가 마련한 집은 아파트다.

수중에 있는 돈과 대출을 합해 마련한 집인 것이다. 아무래도 집값이 한 번에 내기에는 만만찮은지라 대출은 어쩔 수 없이 해야 했다.

헌터라는 직업이 대체로 돈을 잘 버는 직업이기 때문에 은행에서 대출받는 것도 어렵지 않았다.

재현은 자신의 집이 될 아파트 주차장에 트럭을 댔다. 경기도 동탄에 마련한 집이다.

버스를 타면 서울까지 길어 봐야 한 시간밖에 걸리지 않는다. 서울까지 가는 데도 얼마 걸리지 않으니 갈 일이 있다 해도 시간적으로 부담도 안 된다.

재현은 이삿짐을 모두 날랐다.

짐이 워낙 없던 터라 옮기는 데 얼마 걸리지도 않았다.

가전제품이라고는 기존에 쓰던 노트북과 이번에 새로 마련한 냉장고, 전자레인지, 소파, 침대밖에 없었다.

냉장고와 소파, 침대를 옮기는 건 좀 애를 먹긴 했지만, 어떻게든 혼자서 끝낼 수 있었다.

"이야, 집이 휑한 것 봐."

집 공간을 차지하는 게 전자제품이 많다고 하는데, 그 말이 사실이다. 있던 게 없으니 휑한 느낌이 없잖아 있었다.

다행이라면 장롱과 옷장이 딸려 있는 아파트라 수납 공간이 부족할 일이 없다는 것이다.

"여기가 앞으로 내가 가정을 이룰 집이란 거지?"

이곳에서 참한 아내와 알콩달콩 살고, 귀여운 자식들을 키우는 화목한 가정을 생각하니 벌써부터 흐뭇해졌다.

취직을 해도 한동안 상상도 못 했을 일을 할 수 있어 벌써부터 행복했다. ……물론 그 행복의 첫 단계인 여자 친구가 없지만 말이다.

재현이 딱히 여자에게 관심이 없다거나 그런 것이 아니다.

재현도 한 명의 남자로서 여성에게 관심이 많고, 같이 데이트하고 싶은 생각으로 가득했다. 하지만 그에게는 여태껏 그럴 여유가 없었다.

그도 그럴 것이, 지금껏 바쁘게 살고 아르바이트비가 나오기 전까지 라면으로 생활하던 재현이다.

여자와 사귈 생각을 못 한 게 아니라 사귈 상황이 안 됐다고 하는 것이 옳다.

"운디네, 여기가 이제 내 집이야. 나와서 구경해 봐."

재현이 운디네를 소환했다. 운디네는 소환되자마자 주위를 둘러본다. 아파트 가장 꼭대기에 마련한 곳이다. 창문 밖으로 한눈에 주변이 눈에 들어왔다.

"우와, 높다. 마치 산에 올라온 거 같아."

"지상에서 빌딩 높이를 봤을 때랑 확실히 다르지? 나

도 이게 내 집이 맞나 싶어."

자신이 아파트를 마련하다니. 어디 상상이라도 했던 일이던가.

대출금이 남아 있다 하더라도 열심히 사냥하면 금방 갚을 수 있을 것이다. 일단 생활하는 데 지장이 없을 정도로 통장에 돈이 남아 있다.

그는 최소한 오백만 원은 통장에 놔두기로 했다. 돈이란 게 언젠가 쓸 일이 반드시 오기 때문이다.

나머지 돈은 아파트 구입과 가전제품, 필요한 가구를 사는 것에 썼다.

그리고 어머니에게 돈을 부쳤다. 약 이백만 원 정도 보냈다.

이제 어느 정도 여유가 생기니 부모님에게 돈을 보낼 정도가 된 것이다. 이제 매달 이백만 원씩 꾸준히 보낼 예정이었다.

몬스터 한 마리를 잡을 때 벌 수 있는 돈이 200만 원 가까이 되니까 재현에게도 전혀 부담이 없었다.

여기저기에 많이 써서 돈이 순식간에 줄어들었지만, 생활이 풍족해졌다는 건 부정할 수 없다.

꾸준히 사냥만 하러 간다 해도 이제 돈이 부족해져 라면으로 삼시 세끼 먹을 일도 없다. 이런 날을 그간 얼마나 기다렸던가!

그것을 지금에서야 이루니 눈물이 나올 지경이다.

이 나이에도 이걸 이루지 못하는 사람이 많다.

고생한 적이 많지만 이렇게 젊을 때 내 집을 마련했으니 크게 성공했다고 봐도 무관하다.

"아, 그러고 보니 엄마하고 누나한테 전화 안 한 지도 꽤 됐네?"

마지막으로 연락을 했던 게 언제였을까 생각했다.

……생각보다 꽤 오래되었구나 생각했다.

마지막으로 전화했던 게 면접 전 날이었던 거 같다. 붙으면 다시 전화하겠다고 했던 걸로 기억한다.

'결국 떨어졌지만!'

그 당시 워낙 상심이 커서 누구에게도 전화 걸 생각도 못 하고, 오는 전화마다 무시하고 가만히 침대에 얼굴을 묻었던 걸로 기억한다.

그 당시에 감이 워낙 좋아 붙을 거라 자신했었기에 떨어진 만큼 상심도 컸던 때였다.

거기다 운디네와 계약을 하게 된 후로 헌터 일을 하느라고 여러 가지로 바쁘게 지냈다.

돈을 악착같이 벌기 위해서 바쁘게 돌아다니다 보니 규형한테도 전화하지 못했다.

"음…… 오늘은 이사만 할 생각이었으니까 시간도 남는 김에 전화나 돌려야겠다."

일단 취직을 했다고 말하기로 했다. 헌터가 되었다고 하면 걱정할 게 뻔하니 말이다.

재현은 휴대폰으로 번호를 찍었다. 그가 전화를 거는 상대는 그를 거의 키우 듯했던 자신의 친누나였다.

* * *

"재희야. 재현이가 이백만 원을 보냈다?"

재현의 누나인 박재희는 어머니에게서 그 말을 듣고 놀란 표정을 지었다.

"재현이가? 취직도 안 한 녀석이 그 돈을 어떻게? 잘못 본 거 아냐?"

"아냐, 여기 봐봐."

재현의 어머니, 김지혜는 재희에게 통장을 보여 주었다.

보낸 이의 이름은 정확히 박재현이라고 쓰여 있었다. 그가 입금한 돈은 정확히 이백만 원이었다.

"혹시 얘가 드디어 취직했나? 이 녀석. 취직을 했으면 연락을 하지, 연락도 안 하고 돈만 보내? 괘씸하게. 내가 이 녀석 그렇게 안 키웠는데."

맞벌이였고, 늦게까지 일을 하던 부모님 때문에 재희가 거의 재현을 키우 듯했다. 그렇기에 지혜도 딱히 부정은 하지 않았다.

"취직했다 하더라도 이백만 원을 한 번에 보내기에는 적지 않은 돈인데……."

재희도 그건 아주 잘 알고 있다. 당당한 사회인인 그녀도 이백만 원이 얼마나 큰지 아주 잘 알고 있다.

취직을 했어도 선뜻 이만큼의 돈을 보내기는 쉽지 않을 것이다.

자신도 취직을 하긴 했지만 이렇게 많이 어머니에게 드린 적은 없으니까.

"그러고 보니 이 녀석은 상경하고 단 한 번도 집에 안 왔지? 집에 마지막으로 온 게 도대체 언제였었지? 대학생 때도 아르바이트를 한다고 오지 않았었지?"

재희는 손을 꼽아 몇 년 동안 재현의 얼굴을 얼마나 못 봤는지 셈을 해 보았다. 셈을 해 보니 4년이라는 시간이 나왔다.

"4년?! 이 녀석 생각해 보니까 4년 동안 한 번도 집에 안 왔어, 엄마!"

말이 4년이지, 개월 수까지 따지면 더 됐다.

"우리가 이해해 줘야지. 재현이도 얼마나 고생했겠어. 그래도 연락은 자주 했잖아."

"과거형이잖아, 과거형. 그리고 그 녀석 최근 연락 안 한 지도 좀 됐잖아."

마지막으로 연락했던 게 반년 전으로 기억한다. 면접에 붙으면 연락하겠다고 했는데, 오지 않았다.

상심이 커서 전화를 못 했겠거니, 넘어갔던 기억이 있다. 그게 지금 생각해 보니 벌써 반년이다.

재희도 한 명의 당당한 사회인으로서 바쁘게 일하는 일이 많다. 최근에는 남자친구와도 헤어져 마음을 추스르느라 신경을 못 쓴 것도 사실이다.

이백만 원을 보낸 건 잘한 일이지만, 그래도 괘씸해서 재희가 휴대폰을 들었다. 곧장 그에게 전화를 걸려고 할 때였다.

휴대폰에서 진동과 함께 벨소리가 울려 퍼진다. 휴대폰 액정에는 '동생' 이라는 문구가 나타났다.

"이 녀석 드디어 전화하네? 엄마, 내가 먼저 한 마디하고 바꿔 줄게."

"너무 뭐라고는 하지 마."

재희는 장담은 못 할 거라고 말하고, 전화를 받았다.

*　*　*

“아, 누나? 전화하자마자 받네?”

발신음이 들린 지 고작 몇 초밖에 지나지 않았는데 재희가 받았다.

[재현이 넌 아주 당당하구나? 반년 만에 전화 걸었으면 가장 먼저 해야 할 말은 그게 아닐 텐데 말야.]

“음…… 미안. 그때 면접 떨어져서 꽤 상심했거든. 그리고 얼마 안 있다가 취직되고, 바쁘게 생활하느라고. ……화났어?”

재현은 조금 주눅이 들었다. 그리고 수화기 너머에 있는 누나의 눈치도 살살 보게 되었다.

재현은 남에게는 당당하게 굴어도 가족에게는 약한 모습을 많이 보이고는 한다.

[그래, 화났다. 걱정도 많이 했고. 반년 동안 아무 연락도 없던 동생 놈 상심했을까 싶어서 위로 전화도 못 걸었던 누나의 심정을 아니? 전화 한 통 없는 게 말이 돼?]

“그건 정말로 미안. 하지만 지금이라도 전화했으니 한 번만 용서해 줘.”

재희도 그렇게 몰아세울 생각은 없었던 모양인지 더 이상 뭐라고 하지 않았다.

[이백만 원 보냈더라? 어떻게 마련한 거야? 설마 범죄를 저지르거나 한 건 아니지?]

그 말에 피식 웃음이 나왔다. 아무리 생활이 어려워도 누구에게 부끄럽지 않은 당당한 삶을 살자는 게 재현의 좌우명이다.

거기다 재현은 남에게 폐를 끼치는 걸 극도로 싫어한다. 범죄 같은 걸 저지를 만한 위인은 못 된다는 것이다.

"내가 범죄를 저지를 거 같아? 아무리 어렵고 힘들어도 성실하게 살아가라고 누나한테 배웠는데. 사실 나 취직했어. 실은 취직한 지 꽤 됐는데, 바빠서 전화도 못 걸었어."

[그래? 취직했다니 다행이네. 어디에 취직했는데?]

"헌터 쪽에서 일하고 있어."

그 말을 하고 순간 침묵이 감돌았다. 재현은 자신이 뭐라고 했는지 몰라 운디네를 바라봤다. 운디네가 대답해 주었다.

"헌터 쪽에서 일하고 있다고 했어."

운디네에게 전해 들은 본인 스스로도 놀랐다. 자신도 모르게 툭 튀어나온 것 같다.

'이, 이런. 아무 생각 없이 말해 버렸어!'

재현이 이미 늦었다는 걸 직감했다. 아니나 다를까, 잠시 후 반응이 온다.

[헌터? 네가 헌터가 됐다고?!]

[재현아, 그게 무슨 말이니? 헌터라고?!]

아무래도 근처에 어머니도 같이 통화를 듣고 있던 모양이다. 그 말을 들은 지혜도 기겁한다.

자기 아들이 위험한 일에 뛰어들어 좋아할 가족이 세상에 어디 있겠나. 재현은 급히 말을 돌렸다.

생각해 둔 것은 다 쓸모가 없지만 최대한 머리를 돌렸다.

"아, 아냐. 헌터가 아냐. 그 뭐냐. 비전투원들을 보조하는 역할이야. 보급품 같은 게 있는데, 그걸 챙겨주고, 나르는 역할이야. 전혀 위험하지 않아!"

그것은 진짜로 존재하는 것이기도 한다. 속된 말로 비전투원 따까리라고 불리는 직업이다.

비전투원이 위험 지역에 갔다가 전투가 일어나면 보급품을 나르거나 통신을 맡아 작전을 전해 주는, 뒤에서 보조해 주는 역할이다.

이곳저곳 뛰어다니고 무거운 것을 나르는 일이 많다 보니 꽤 많은 체력이 요구되는 것이기도 했다.

그 말을 듣고 안심한 재희와 지혜는 안도의 한숨을 내쉬었다.

'휴…… 다행이다.'

가족에게 걱정을 끼치기 싫은 재현이다 보니 이렇게 넘어가게 된 걸로 안심했다. 어떻게든 넘긴 것 같다.

잠시 후, 재희의 피식 웃는 소리가 수화기 들려왔다.

[하긴. 네가 헌터가 될 리 없지. 별 특별한 능력이 없는 녀석이 어떻게 되겠어.]

"……맞는 말이지만 그렇게 들으니 좀 기분 나빠, 누나."

사실 헌터가 되었다고 말을 바꿀 수도 없으니 그냥 그리 인정하기로 하는 재현이었다.

그리고 솔직히 조금 기분이 상했다. 그는 꿀꿀한 기분을 한 채로, 지혜에게 말을 걸었다.

아마 옆에서 계속 듣고 있으리라 생각한다.

"엄마. 엄마 옆에 있지? 잘 지내?"

[응, 아들. 아들도 잘 지내지?]

"물론이지. 내가 누구 아들인데. 이게 육체적으로 힘들어도 꽤 돈이 되는 일이라서 나 집도 마련했다? 엄마한테 매달 용돈을 보내도 남는 게 꽤 돼."

[어머. 정말? 언제 한번 놀러 가 봐야겠네? 아들, 부자 됐네? 호호호.]

아들이 집까지 마련했다고 하니 기뻐하는 지혜였다. 사

실 그 집이 아파트라는 걸 알았다면 입을 다물지 못했을 것이다.

그저 고시원을 탈출하고, 작은 원룸이라도 구했겠지 생각하고 있는 지혜였다.

[그래, 아들 취직까지 했나니 열심히 응원해야겠네.]

"응. 그리고 이제 걱정 마. 엄마는 내가 평생 모시고 살 테니까."

가정 형편이 어려워지고 가장 마음고생을 한 사람은 지혜였다. 아버지도 마음고생이 많았지만, 지혜도 옆에서 그것을 보며 같이 고생을 했다.

일도 더 늘리면서 가계를 정리하고, 집안일까지 했으니 그 부담은 말로 할 것 없었다.

재현은 그 당시 방황을 하고 있어서 눈앞에서 보지 못했지만, 재희에게 대략적인 것을 들어서 알고 있다.

아마 그 고생 중 하나는 자신의 방황 때문도 있으리라 생각한다.

막연히 자기만 힘들다 생각해 방황했던 것을 지금껏 후회하고 있는데, 만회할 기회가 생겼다.

[호호. 든든하네. 그럼 이제 남은 건 며느리를 얻고 손주만 보면 되는 건가?]

"엄마도 참. 아들은 아직 젊은데 벌써 손주를 바라?"

스물여섯 살이면 아직 한창인 나이다. 솔직히 여자 친구는 바라고 있어도 아직 결혼은 이르다고는 생각한다.

[뭐 어떠니. 네 누나는 내년에 결혼을 목표로 하고 있는데.]

그 말을 듣고 재현이 고개를 갸웃거렸다.

"누나 남자친구 있었어?"

[너랑 마지막으로 통화하고 얼마 안 있다가 생겼다. 그리고…….]

얼마 전에 헤어졌다, 라는 말을 하려는 순간 재현이 말을 끊었다.

"그래? 누나, 잘해 봐. 나 조카 보고 싶어."

[얘는 누나한테 못 하는 소리가 없어. 그리고 왜 말을 끊어? 얼마 전에 헤어진 사람한테 할 소리야?]

재현이 건드리면 안 될 것을 건드렸구나 생각하며 미안하다고 말했다.

"그래도 얼마 안 있으면 좋은 남자를 만날 수 있을 거라 생각해."

[말이라도 고맙다.]

솔직히 외모만 보자면 재희도 어디 빠지지 않는다. 다만 성격이 조금 드센 면이 있다는 게 문제다.

그래도 그것이 매력으로 생각된다. 재희는 추진력이 있

어 뭔가를 미루는 일도 없으니까.

거기다 어렸을 때 자신을 거의 키우다시피 해서 집안일은 걱정 없을 것 같다.

입맛이 까다로운 아버지도 재희의 요리 실력을 인정했을 정도였으니까.

“아, 맞다. 누나, 레스토랑을 갖는 게 꿈이라고 했나?”

[응. 그러기 위해서 열심히 돈을 모으고 있지.]

여전히 착실히 살고 있구나, 생각한다.

재희는 아버지에게 요리 실력을 인정받고 요리에 완전히 푹 빠졌다. 그 덕분에 꿈이 어렸을 때부터 정해졌다.

그녀의 꿈은 레스토랑을 운영하는 거라고 했는데, 그 꿈은 아직도 유효한 모양이다.

“내가 돈 모아서 보태 줄까?”

자기 누나에게 돈을 쓰는 건 절대 아깝지 않다. 재희가 레스토랑을 운영하고 싶다고 하면 돈을 보태 줄 생각이다.

자신을 키워 주다시피 했는데 돈이 대수이겠는가. 거기다 열심히 몬스터를 사냥하면 그 돈은 금방 벌 수 있다.

[됐어. 네가 무슨 돈이 있다고 그래? 내가 알아서 할게.]

“왜 그래, 내가 취직하기 전에는 못 미더웠겠지만, 나

릅대로 대기업이라고? 나 돈 잘 벌어."

[그래, 그럼 열심히 일해서 돈 좀 보태줘.]

"그래. 나중에 레스토랑 운영할 돈 보낼게."

[고맙다.]

물론 장난 삼아 말하고 받아치고 있는 재희지만, 재현은 장난이 아니었다.

지금은 대출금을 갚아야 하기에 당장 도와주지 못하지만, 다 청산하고 나면 돈을 충분히 보태고도 남는다.

[그래서 이제 취직도 했으니 내려올 때 됐잖아. 언제 내려올 거야?]

"이번 연휴 때는 갈 생각이야. 그러고 보니 바쁘다는 핑계로 아버지 산소도 안 들렀네."

아르바이트 하루 정도는 쉬고 갈 수 있을 텐데도 안 갔으니 말이다.

[아빠가 얼마나 서운해하셨을까? 하나밖에 없는 아들이 몇 년 동안 얼굴도 비치지 않고.]

"내가 아버지가 아니니 잘 모르지만 죄송스러운 일이긴 하지."

이 정도면 불효다. 그도 느끼는 바가 큰지, 이에 대해서는 입이 있어도 할 말이 없었다. 지혜는 후후 웃으며 대답했다.

[너희 아빠 성격상 별로 신경 안 쓸 거 같긴 하지만, 그래도 이번에는 반드시 얼굴은 비쳐. 다 큰 우리 아들이 술 한 잔 따라드려야지.]

재현은 알겠다고 대답했다. 이번 명절에 찾아가면 가족들과 시간을 보낼 생각이다. 이제 가족들에게 떳떳할 수 있으니까.

그리고 이제 통화를 종료하려고 할 때, 불현듯 재현의 머릿속에서 한 가지 생각이 떠올랐다.

"아, 맞다. 그러고 보니, 누나. 물어볼 타이밍이 늦었는데, 내가 아무리 상심했어도 누나가 먼저 나한테 위로 전화라도 할 수 있던 거 아니야?"

그 말에 뜨끔한 재희가 급히 변명한다.

[사, 사회인은 이래저래 바쁜 법이야.]

사회 생활이 바쁜 게 사실이기도 했지만, 재현이 먼저 전화하겠거니 안이하게 생각해 그동안 잊고 있었다고는 죽어도 말 못 한다.

Chapter 04
템을 맞추자!

"음…… 확실히 아파트값은 뼈아프네."

대출금이 많으니 이걸 갚는 것도 꽤 고생할 것 같다.

몇 달만 고생하면 해결되는 문제긴 하지만, 그동안 돈을 함부로 못 쓴다는 게 가장 큰 문제다.

달마다 생활할 돈을 남기고, 꾸준히 저축할 돈도 있어야 한다. 아직 정해지지 않은 미래를 대비하기로 한 것이다.

'거기다 누나의 레스토랑도 차려 주고.'

이것저것 할 일이 많지만, 이것도 고작 일 년 전에는 상상도 못 했던 일이다.

그 당시에는 자신이 취직할 걱정으로만 가득했기 때문이다.

만일 취직에 성공했어도 이리 치이고, 저리 치이고 살았을 것이다.

헌터가 된 건 인생의 전환점이었다고 봐도 무관하다.

"설날 전까지 열심히 돈 벌어 놔야겠군."

가장 큰 집은 재현의 집이다. 설날에는 집에 친척들이 모여 제사를 지낸다.

어려웠던 시절에 모이지 못했지만, 어느 정도 회복되고서는 다시 모였다. 친척들이 워낙 정이 많다 보니 관계도 썩 나쁘지 않은 편이다.

……재현이 유독 연락을 안 해서 스스로 어색해서 그렇지 막상 만나면 반갑게 맞아 줄 것이다.

[그래서 또 뭘 사려고?]

운디네는 텔레파시로 재현에게 말을 걸었다. 그는 트럭을 타고 또 서울로 향하는 중이다.

"아이템 좀 사려고. 버서크 울프를 마주하고서 뭔가 좀 사놔야겠다 싶어서 말야."

버서크 울프는 엄청난 녀석이었다. 근접전에서 녀석은 간담을 서늘하게 만드는 것이 있었다.

앞으로 그런 녀석들이 더 많이 나올 텐데, 그것에 대비한 아이템을 살 생각이었다.

근접전에서 아쿠아 소드도 괜찮지만, 정령력을 너무 많이 소비하기 때문에 자주 사용할 수 없다는 단점이 존재한다.

전투가 장기전으로 갔을 때 정령력이 아쉬운 상황이 닥치면 아쿠아 소드도 함부로 쓰지 못할 테니까.

[무슨 무기를 사게?]

"음…… 아직 완전히 정한 건 아닌데 둘러봐야지. 무기도 여러 가지가 있으니까. 총이라거나 검이라거나."

헌터 상점을 둘러보면서 무기류도 많이 둘러보았다. 총도 있었지만, 장검도 같이 존재했다.

헌터 상점에서 총기를 파는 걸 보고 꽤 놀란 재현이다. 총기법이 존재하지만, 바깥에 들고 다니는 건 불법이다.

총기를 사용할 수 있는 건 오직 몬스터 위험 구역에서만 가능하다. 능력자가 아닌 헌터들은 총을 자주 애용한다고 한다.

아마 총이 대한민국의 군복무를 마친 남성이라면 가장 친숙한 것일 테고, 조금만 배우면 누구나 다룰 수 있는 무기니까.

정말로 사용한 살상용 무기라고 한다면 군 시절 가장 많이 사용했던 대한민국 주력 돌격 소총 K-2가 있다. 예비군 때도 사격을 하니 쏘는 법은 잊어버리지 않았다.

크리크 수정이라든지, 안전 검사라든지, 총기 손질이라든지.

부품명은 잘 생각나지 않지만 기본적인 건 다 할 줄 안다. 그 총이라면 충분히 사용할 수 있다.

"근데 생각해 보니 그거 실탄이 꽤 비쌌지?"

실탄 자체가 비싸기도 했지만, 한 발당 백만 원이나 하는 총알도 존재했다. 수정체의 잔해를 화약과 섞은 총알이 그 정도 값을 하는 것이다.

워낙 강력한 위력을 지니고 있어 어지간한 몬스터들은 그 한 발에 절명한다.

일반 실탄으로 상대할 수 있는 몬스터들도 있지만, C급 몬스터들부터는 총알이 잘 안 박힌다는 게 정설이다.

가죽이 두꺼운 몬스터들이다 보니 정말 연약한 부위를 맞추지 못하면 다 튕겨 나간다고 한다.

몬스터들의 가죽은 상식을 뛰어넘을 정도로 질긴 녀석들이 많다.

"나중에 갈수록 그건 부담이 커지겠지?"

총을 살지 안 살지는 아직 모른다. 헌터 상점에 가서 확인해 봐야 알 수 있을 테니 말이다. 자신이 정말 총이 맞다면 구입할 생각은 있다.

*　*　*

헌터 상점은 많은 것이 변화되어 있었다. 한 가게 주인이 잡혀가자 경찰이 대대적인 조사를 펼쳤는데, 그 주인만이 아니라 같은 짓을 저지른 곳도 있었기 때문이다.

평소 같았으면 약간의 벌금을 물었겠지만, 인터넷에도 핫이슈로 떠 버렸다.

언론에서까지 이를 언급하기에 이르자 숨기기도 불가능해진 것이다.

결국 한바탕 난리가 나자 헌터 상점의 매출이 급격히 하락하기에 이르렀다.

그 때문에 늘 북적이던 헌터 상점이 오늘은 한산하다.

그 여파를 어느 정도 회복하기 위해 가게들은 아이템에 대한 효과의 설명을 따로 부착해 놓았다.

그 덕분에 사기를 당하는 헌터는 사라졌지만, 가게들은 그 이상의 손해를 보게 되었다.

특히 양심적이었던 가게들의 피해도 이루 말할 수 없다. 여러모로 피해를 많이 당하게 된 것이다.

하지만 이것도 잠깐의 고난이라고 생각한다. 몬스터가 존재하는 한 헌터 상점은 결국 이용할 수밖에 없는 곳이기 때문이다.

"안녕하세요, 재현 씨. 또 오셨네요?"

가게 주인인 여성, 진희영은 반갑게 그를 맞았다. 전에 액세서리를 구입했던 가게다.

무기를 전문적으로 취급하는 곳은 아니지만, 싸게 구입하려는 의도였다. 재현도 반갑게 인사하다가 그녀에게 물었다.

"혹시 무기도 파나요?"

"아, 무기요. 사실 제 가게는 액세서리만 전문적으로 파는 곳이지만…… 다른 헌터들이 제 가게에서 판 중고 무기는 있어요."

"오, 보여주실 수 있으신가요?"

희영은 고개를 끄덕이며 그의 앞에 여러 가지 무기를 꺼내놓는다. 철퇴, 손도끼, 장검, 창 등 엄청난 양이다.

"……이걸 가만히 놔두셨어요?"

"실은 이걸 무기를 전문적으로 취급하는 곳에 팔고 싶은데, 사는 곳이 없네요. 쓸 수는 있는데 많이 찾는 무기는 아니라는 모양이에요. 제가 매입한 가격이 꽤 높은 가격이었더라고요."

이게 다 무기에 대한 무지에서 비롯된 손해였다. 자신의 실수니 희영은 누구에게 하소연하지도 못한 모양이다.

이걸 팔긴 해야겠는데, 가만히 놔둬도 문제고, 팔아도 손해다. 희영은 자신의 나름대로 싸게 샀다고 생각했겠지만 말이다.

지금은 정확한 가격을 알아봤기 때문에 전 같이 실수는 안 하지만, 지금 쌓여 있는 건 문제가 된다.

“재현 씨는 어떤 걸 원하셨는데요?”

“일단 둘러볼 생각이긴 했는데요. 혹시 추천할 만한 게 있으신가요?”

“저는 무기 가격에 대해서는 알아도 무기 자체에 대한 쓰임새를 잘 몰라서 이게 좋겠다고 강력히 추천은 못 하겠네요.”

팔면 희영에게는 좋지만, 그녀는 양심적으로 장사에 임한다.

자신도 이득을 취하면서 사는 사람도 이득을 취하게 하자는 게 그녀가 생각하는 상도였다. 이래서 재현이 이 가게를 올 수밖에 없는 거다.

“하지만 정령사시니까 이게 좋을 거라고 생각해요.”

희영이 지팡이를 꺼내 그에게 보여 주었다. 나무로 된 지팡이인데, 지팡이 끝에는 수정 같은 것이 달려 있었다.

“이게 뭐죠?”

그냥 아무 도움도 안 될 지팡이를 건네줬을 리는 없었

다. 등산할 때 쓰기에는 좋지만, 사냥할 때는 영 아니다.

이걸로 근접해 온 몬스터를 때리라는 것도 아니고…… 오히려 몬스터들에게 파괴당하지나 않으면 다행일 것이다. 그때 운디네가 그에게 텔레파시를 보냈다.

[재현아, 저것도 매직 아이템이야. 마나의 향기가 나고 있어.]

"오, 이게 매직 아이템?"

딱 봐도 범상치 않아 보이긴 했지만, 매직 아이템일 줄이야. 하지만 자세한 효과를 잘 몰라 그는 멀뚱히 희영을 바라볼 뿐이다.

그녀는 미소를 지으며 설명해 주었다.

"이건 마력을 높여 주는 지팡이에요. 원래 번개를 주로 다루는 능력자에게 더 많은 혜택을 주지만, 다른 속성을 사용한다 하더라도 마력이 붙는 건 같아요."

"오, 그래요?"

여기서 위력이 조금 더 강해진다는 것으로 이해한 재현은 살까 말까 진지하게 고민한다. 하지만 망설여지는 건 어쩔 수 없었다.

돈이 어느 정도 있긴 하지만, 매직 아이템이라는 특성상 비쌀 것이라 생각했기 때문이다.

원래는 근접전에 더 좋은 무기를 사려고 왔다. 이대로

놓치기에는 아쉬운 것도 사실이지만, 과소비는 좋지 않다.

"참고로 이 지팡이의 가격은 삼백만 원이에요."

"예?! 그것밖에 안 해요?"

그 말을 듣고 오히려 황당해하는 건 재현이었다. 매직 아이템이 고작 삼백만 원이라니? 말도 안 된다고 생각했다.

매직 아이템은 아무리 못해도 천만 원이 넘는 걸로 알고 있는 재현이다. 매직 아이템은 그만한 가치가 있기 때문이다.

엄청나게 쓸모없거나, 소수 능력자가 사용할 수 있는 능력에 한정된 것이 아닌 이상 그 정도에 팔리지 않는다는 소리다.

그런데 이 지팡이는 뇌(雷) 속성에 강력한 혜택을 주지만, 마력 증폭이라는 또 다른 능력도 같이 있다. 이 정도만 하더라도 큰 가격에 매겨져야 정상이었다.

그녀는 이어서 이에 대한 설명도 같이 해 주었다.

"예전에 한 헌터가 급하게 판 거라서 저도 싸게 구입했어요. 중고품에다가 전에 쓰던 사람이 좀 험하게 다뤘는지 약간 갈라져 있거든요."

그녀의 말대로 다시 살펴보니 정말 지팡이가 살짝 갈라

져 있었다. 하지만 그렇게 크게 갈라져 있지 않았다.

그녀가 말해 줄 때까지 재현은 전혀 모를 정도였다. 그리 심하게 갈라지지도 않아 쓰는 것에는 아무런 지장도 주지 않을 것 같다.

중고품 치고는 상태가 엄청 양호하다는 소리다. 험하게 다룬 것치고 이 정도면 나쁘지 않으리라 봤다.

"삼백만 원이라……."

솔직히 고민이 많이 된다. 원래 사려고 했던 건 근접 무기인데, 이런 걸 구입해 놓아도 괜찮지 않을까란 생각이 든 것이다.

과소비는 잘 안 하던 재현이지만, 돈을 꽤 벌기 때문에 이런 필요한 게 있으면 사고 싶어졌다.

거기다 잡아 본 결과 의외로 그립감도 좋았다.

"망설여지네요."

다른 것보다 값이 무척 저렴하다는 것에서 더 끌린다. 싼 만큼 비지떡일지 어떨지는 둘째 치더라도 말이다.

"그렇겠죠. 아무래도 그게 사람의 심리다 보니까요."

희영도 이해한다는 듯 고개를 끄덕인다. 원래 상인이란 그 심리를 더 자극해서 고객이 하나라도 더 물건을 사게 만들어야 한다.

그리고 그녀도 상인이 맞긴 맞는지, 그가 망설이고 있

자 뭔가를 또 보여 주었다.

"이걸 사시면 덤으로 이것도 드릴게요."

그녀가 하나 더 보여 준 것은 환도였다. 그렇게 길지도, 짧지도 않은 길이의 검이었다.

손때가 많이 잡힌 듯, 손잡이의 가죽이 조금 헤졌지만, 쓰는 데 딱히 지장이 없어 보인다. 날도 약간 이가 나갔지만, 수리를 맡기면 될 성싶다. 수리비가 얼마인지 잘 모르겠지만 구입비보다 비싸지는 않을 것이다.

"이건 무슨 효과가 있나요?"

"아, 그건 일반 무기예요. 매직 아이템이 아니에요."

"하긴. 여기서 또 다른 매직 아이템을 바라면 욕심이겠죠."

매직 아이템을 두 개로 거의 돈도 안 들이고 사는 건 욕심이 맞다. 이 하나로도 꽤 값이 싼 편이니까.

재현은 검을 들고 몇 번 휘둘러보았다. 사용은 나쁘지 않았다. 오히려 편안한 느낌에 절로 감탄이 나온다. 재현은 무기를 휘둘러 보고 딱 이게 내 무기다란 느낌을 받았다.

"이걸로 할게요."

결국 삼백만 원을 들여 지팡이와 이 검을 얻기로 결정했다. 재현은 헌터증을 건네주었다. 헌터증을 카드단말기에 놓고 가격을 입력하자 결제가 완료되었다.

잔액을 확인하니 정확히 삼백만 원이 빠져나갔다. 그녀는 정성스럽게 무기들을 붕대로 감싸며 봉투에 넣어 주었다.

"아, 이것도 담아드릴까요?"

희영이 진열한 것 중 하나를 꺼내 그에게 보여 준다. 손을 감싸고도 남을 크기의 철로 된 무엇인가였다.

철로 된 부위는 긁힌 흔적이 여기저기 보였다. 누군가가 애용한 흔적이 보이는 것이다.

철 뒷면에는 가죽으로 덧대어 있었다. 끈이 있는 걸 보니 어딘가를 고정하는 것 같은데, 무엇에 쓰이는 건지 전혀 모르겠다.

"뭐에 쓰는 거죠?"

그의 물음에 희영이 그것을 이마에 착용하고 끈을 고정시킨다. 몇 번 손을 움직였을 뿐인데, 흘러내리지도 않고 고정되어 있다.

"보호대예요. 이렇게 착용하시면 머리를 향한 공격도 고개를 살짝 드는 걸로 방어가 가능하죠. 이걸 아래로 내려서 목에 감싸면 목 보호대도 가능하죠."

타격의 위력에 따라 다르겠지만, 이것만 해도 어지간한 공격은 괜찮을 것 같다. 이런 도구도 있었구나, 라며 재현은 순수하게 감탄한다.

"그런데 너무 잘 주시는데. 이렇게 주시면 손해 아닌가요?"

"저도 이걸 계속 가지고 있는 것도 손해니까요."

그 말에 재현이 무엇 때문에 이렇게 잘 주는지 파악했다.

"재고 처리였군요."

"네, 처리할 수 있을 때 하나라도 더 처리해야죠."

담담하게 아무렇지 않게 말하는 그녀의 말에 피식 웃는 재현이었다. 그래도 자신은 딱히 손해 보며 구입한 것이 아니니 기분은 좋았다.

*　　*　　*

"이야, 엄청 싸게 샀네."

재현은 가게에서 나와 무기와 방어구를 전문적으로 취급하는 곳에 들러 보았다.

자신이 구입한 게 얼마 정도였는지 확인해 보려는 것이다. 그리고 자신이 얼마나 싸게 구입했는지 알 수 있었다.

중고품이라고 해도 보호대의 가격이 십만 원이었다. 환

도의 가격은 삼십만 원이었다.

자신이 산 것들보다 상태가 약간 안 좋은 것이 그 정도 가격이라는 소리다.

이런 비슷한 상태의 것들을 다른 가게에서 구했으면 약 오십만 원이 나오지 않았을까 싶었다.

'그러니까 내가 산 이 지팡이는 이백오십만 원에 구입한 것과 마찬가지인가?'

이렇게 생각하면 정말 싸게 사긴 했다며 실감했다. 이게 얼마나 효용성이 있을지는 둘째 치더라도 말이다.

그는 혹시 몰라 보호대와 환도의 수리를 맡겼다. 보호대는 끈이 조금 헐거워져 새로 교체하면 된다고 했다.

환도는 날을 갈고, 손잡이의 가죽만 덧대면 끝이라고 한다.

수리비용으로 팔만 원 정도 나왔다. 지팡이도 혹시 몰라 수리를 맡기고 싶었지만, 이건 따로 수리할 수 없다는 말만 받았다.

철로 된 것들은 다시 만들 수 있지만, 지팡이는 나무이다 보니 어떻게 해 볼 수 없다는 것이다.

수리할 게 조금 밀려 있으니 내일 다시 오라고 하며 종이를 건네받았다. 본인이 아니면 절대 주지 않는다고 한다.

종이를 입수한 사람이 지인을 사칭해 가져가는 일이 있다면서 말이다.

또 이를 악용해 서로 짜고 돈을 뜯는 사람도 있었다고 하니 반드시 본인이 아니면 건네주지 않는다고 한다.

어찌 되었든 내일 아침에 찾으러 오라고 하니 재현은 안심하고 트럭에 타고 집에 갈 수 있었다.

재현이 집에 도착하자마자 가장 먼저 한 것은 붕대를 꺼내는 거였다.

"재현아, 뭐하는 거야? 어디 다쳤어?"

재현은 집에 있을 때는 운디네를 소환할 수 있을 때 소환해 놓는다. 잠을 잘 때도 운디네와 함께 잠을 자고는 했다.

정령은 원래 수면을 취하지 않아도 되는 종족이라 그냥 옆에 누워 눈만 감고 있을 뿐이지만.

물론 잔다고 하면 잘 수 있지만 말이다.

수면 중일 때 정령력이 거의 다 되면 알아서 돌아가니 자는 도중 기절하는 일은 없다.

자면서 기절한다는 게 이상한 표현이긴 하지만, 그만큼 수면 시간이 늘어나는 거나 다를 게 없다.

운디네가 그가 어딜 다쳤는지 걱정하고 있었다. 그는 운디네의 머리를 쓰다듬었다.

"아냐. 다친 게 아니라 붕대로 지팡이를 감싸려는 거야."

"지팡이는 왜?"

"임시방편으로 갈라지는 걸 좀 막아 줄까 해서 말야. 아직은 쓸 만하다고는 하는데, 나무 특성상 한 번 갈라지면 빠르게 부서질 거 같아서 말야."

조심해서 나쁠 게 없었다. 약간의 수고가 들지만, 십 분 정도 투자해서 지팡이의 수명이 연장되면 오히려 이득이니까.

재현이 붕대로 지팡이를 단단하게 고정하자 그는 만족스러운 표정을 지었다.

"붕대로 감싸니까 오히려 그립감이 더 좋아졌는데?"

부드럽고, 쉽게 풀어지지 않도록 단단하게 묶어 놓으니 꽤 보기도 좋아졌다.

붕대 하나로 멋스러움이 강조될 줄이야. 이건 재현도 예상치 못한 것이기도 했다.

거기다 그립감도 좋아지니 일석이조다.

"근데 이걸 잡아 봤자 별 느낌이 없네."

좀 더 강해졌다는 느낌이 전혀 들지 않는다. 하기야, 팔찌와 반지를 구입했을 때도 아무런 느낌이 없었으니 이것도 마찬가지일 것이다.

사용하기 전까지 구체적으로 얼마나 강해졌는지 모른다. 그렇기에 직접 사용해 봐야 하는 것이다.

예전에 고시원에서 지냈을 때 한번 사용해 본 적이 있는데, 그것 때문에 물바다가 됐던 적이 있다. 덕분에 물기를 없애는데 꽤 고생했었다.

운디네가 수분을 다시 모으면 쉽게 해결되지만, 고시원은 보는 눈이 많다. 정령에 대한 건 가까운 사람들에게 알리지 말자고 다짐했던 재현이다.

누군가의 관심을 받는 것보다 그 후에 일어날 귀찮은 일 때문이다. 사람들의 관심을 받으면 그만큼 귀찮은 일도 같이 따라오게 된다.

심지어 친하게 지냈던 규형에게도 말하지 못했다. 물론 말 못 할 것은 없지만, 자신이 어떤 능력을 가졌는지 알린 적이 없다. 규형은 그저 재현이 헌터가 되었다는 것만 알 뿐이다.

그런 시시콜콜한 생각을 하고 있을 때, 운디네가 지팡이를 뚫어지도록 바라보더니 입을 연다.

"뭔가 찌릿찌릿해."

"응? 무슨 소리야?"

운디네의 말에 고개를 갸우뚱거리는 재현이다. 그는 운디네가 무슨 말이 하고 싶은 건지 몰랐다. 다만 기분이 조금 좋아 보이는 것도 같았다.

“그 지팡이 말야. 가게에서 샀을 때 번개 속성이 있다고 했지?”

“응. 그렇지.”

“혹시 휘둘러 볼 수 있어?”

운디네의 부탁이기도 하고, 어렵지 않으니 재현은 운디네의 말을 듣고 휘둘러 본다. 지팡이를 휘두르자 공기 중에서 갑자기 스파크가 팍! 하고 튀었다. 그것을 본 재현은 정전기인가 생각했다.

하지만 정전기라고 하기에는 계절에 너무도 맞지 않다. 이제 봄이 온 이 날씨에 정전기는 드문 것이다.

혹시나 해서 몇 번을 휘둘러보니 똑같은 반응이 있었다. 이를 본 재현이 신기하다는 표정이다.

“이거 뭐야?”

“역시 그랬어. 이거 번개 속성의 공격도 할 수 있을 거야. 온 힘을 집중해서 휘둘러 봐. 그럼 위력이 강해질 거야.”

“아, 그래?”

재현이 운디네의 말에 따라 지팡이에 집중을 했다. 힘을 끌어 모으는 건 그다지 어렵지 않았다.

운디네를 다루면서 몇 번이나 해 본 것이기에 어떤 식

으로 집중을 하면 될지 잘 알기 때문이다.

재현은 지팡이에 집중을 하고, 있는 힘껏 휘둘렀다. 그리고 그 순간, 짧지만 강력한 전력이 공중에서 튀어 올랐다. 깜짝 놀란 재현은 엉덩방아를 찧었다.

"우, 우와."

잠깐의 전력이 번쩍했을 때 깜짝 놀랐다. 어쩐지 이상한 냄새가 나는 것 같기도 하고, 숨 쉬기가 어려웠다.

"방금 그 전격이 오존을 만들었을 거야."

"응? 그건 무슨 소리야?"

"내가 아는 바로는 전기가 공기를 분해해 오존을 만든다고 했거든. 문을 열어 두는 게 좋을 거야."

운디네에게 설마 전기와 관련된 지식을 얻을 줄은 꿈에도 몰랐다.

'운디네는 다른 정령들과 이야기를 나눌 수 있는 것 같으니까 뭐…….'

여러 정령을 만났을 테고, 그에 관한 얘기도 들었을 테니 소소한 것들은 아주 잘 알고 있는 것 같다.

물에 대해 물어보면 운디네가 전부 설명해 줄 수 있는 것처럼, 다른 정령들도 자신의 속성에 대한 것은 아주 잘 알 테니까.

자신과 별로 인연이 없었을 그런 소소한 지식을 얻고,

운디네의 말에 따라 창문을 열었다.

탁 트인 전망에 시원한 바람이 집 안으로 들어오며 그의 뺨을 어루만졌다.

"그런데 생각보다 전격이 약하네."

"내 실력이 아직 이 정도밖에 안 되나거나, 지팡이의 능력이 그 정도밖에 안 되거나. 둘 중 하나겠지?"

둘 다일 수도 있지만, 그런 사소한 건 넘어가기로 한다. 방금의 전격은 순간 강력했지만, 공격에 쓰기에는 너무도 터무니없어 보였다. 상대를 깜짝 놀라게 만드는 건 가능해도, 감전사시킬 만큼 강력한 것은 아니기 때문이다.

그렇게 바람을 쐬고 있을 때, 갑자기 코에 탄내가 스며들어 왔다.

"어? 그런데 어디서 탄내 나는 것 같지 않아? 불 났나?"

아파트 주변은 밭이 없다. 그 때문에 탄내는 상당히 낯선 것이었다. 그가 냄새를 맡을 때마다 조금씩 진해지는 게 느껴졌다.

그렇다면 상당히 가까운 곳에서 나고 있다는 뜻이다. 밖에서는 그 어디에도 불이 난 곳이 없었다. 이 냄새는 자기 집 안에서 나는 것이다.

그가 뒤를 돌아보며 냄새를 좇다가 연기가 나는 곳을 발견했다. 연기가 나는 곳은 노트북에서였다.

"내, 내 노트북!! 뭐야. 이거 왜 이래?!"

노트북은 상당히 오래된 것이다. 노트북의 수명이 길지 않다고 하더라도 갑자기 이렇게 연기가 피어오를 이유가 없었다. 이에 대한 해답은 운디네가 대신 해 주었다.

"아무래도 방금 전격에 망가진 거 같아. 그러고 보니 이 물건. 전기에 취약하지? 거의 흡수하다시피 전격을 맞았으니 당연한 거라고 봐야지."

운디네는 담담하게 말하고 있지만, 정작 그 말을 들은 재현에겐 재앙과도 같은 일이었다.

"안 돼. 이거 단 한 대밖에 없단 말야!"

"내가 봤을 때 더 이상 가망이 없어 보이는데?"

노트북에서 연기가 피어올랐다는 건 이미 내부는 엉망진창이 되었다는 의미다.

전자 기기에 대해서 잘 모르는 운디네도 재현과 지내면서 전자 기기가 얼마나 약한 물건인지 잘 알게 되었다.

물에 빠지기만 해도 금방 망가지고, 떨어뜨리면 박살 나고. 정교한 부품들로 이루어진 기계들이니 한 곳이 망가지면 다른 곳도 연이어 망가지리라.

"아, 안 돼. 이거 내가 있는 돈, 없는 돈 모아서 샀던 거란 말야."

어려웠던 시절, 아르바이트비를 깨알같이 모아 간신히 장만한 노트북이다. 이미 구식이 된 지 오래지만, 그래도 그간의 추억이 많다.

무엇보다 이 노트북 안에는 옛날부터 차곡차곡 모아 두었던, 건장한 성인 남성이라면 누구나 가지고 있을 살색 가득한 동영상도 많았다.

*　　*　　*

이튿날. 수리 업체에 가서 물어보니, 고압 전류로 인해 내부가 완전히 타 버려 노트북은 고칠 수 없다는 결론이 나왔다.

부품을 새로 다 갈아야 할 정도니 차라리 하나 장만해야 한다는 소리를 들었다.

"이래저래 갑자기 돈 쓸 일이 많아졌네."

이젠 아예 새 컴퓨터를 사야 할 때다. 확실히 오래된 거라서 하나 장만할 필요성은 진즉에 느끼긴 했었다.

그렇긴 해도 그간 쓰는 데 큰 무리가 없어서 바꾸지 않고 있었다. 굳이 당장 바꿀 필요성을 느낀 적이 없었지만 지금이라면 얘기가 달랐다.

"그래, 이왕 사는 거, 최신형 컴퓨터로 사자."

게임을 할 용도로 사는 건 아니지만, 사양이 나쁘면 컴퓨터도 느리고, 인터넷도 느리다.

이왕 사는 거, 가장 좋은 걸로 맞추기로 한다. 이제 어느 정도 여유가 생기니 집에 있는 시간도 많아지리라 생각한 것이다.

여유가 있을 때, 사냥할 곳을 조사해 볼 수도 있고, 인터넷 거래로 헌터 전용 물품을 살 수도 있다.

헌터 상점에 굳이 가지 않아도 인터넷으로 쉽게 구입할 수 있다는 얘기다.

헌터 상점에 갈 시간은 없고, 필요한 물품은 사야 할 테니 인터넷으로 사는 것도 현명하다 생각한다.

그렇게 여러 가지 생각을 하고 있을 때, 운디네가 의문을 표했다.

"재현아. 왜 지팡이랑 검을 집 안에서도 들고 다녀?"

수리를 맡긴 검은 다시 찾아 놓고 집에서 차고 다녔다. 왼쪽 허리춤에는 검이, 등에는 지팡이를 짊어지고 있었다.

운디네는 재현이 한시도 지팡이와 검을 놓지 않는 그것을 보며 의문을 표한 것이다.

"아, 이거? 내 몸에 익숙해지려고 하는 거야."

"익숙해진다고?"

운디네는 이해할 수 없다는 표정이다. 그도 그럴 것이, 정령에게 무기는 불필요한 것이기 때문이다.

인간에게 있어 무기란 자신을 지키는 호신용이다. 초능력자도 만일에 대비해 무기를 가지고 다니고 있다.

"응. 원래 무기를 가질 때 무게에 익숙해져야 하는 게 기본이거든. 군대에서도 소총에 익숙해지기 위해 하루 동안 한시도 떼지 않고 다니면서 자거든. 헌터 교육 때도 똑같이 말하더라고. 무기를 구입하면 이렇게 익숙해지는 게 좋다고."

"하지만 무기를 안 가지고 다니는 헌터들도 있잖아."

운디네의 말처럼 무기를 안 가지고 다니는 사람도 있다. 하지만 위험에 대비하는 사람들은 무기를 항시 소지하고 다닌다.

재현도 위험에 대비하는 사람 중 한 명이다. 운디네가 옆에 있어 든든하긴 하지만, 언제 자신에게 위험이 닥칠지 모르기 때문이다.

"인간은 조금이라도 위험에 대비하는 존재거든. 죽지 않는 정령과 다르게 인간은 죽을 수 있는 상황이 많으니까."

"응, 그건 나도 잘 알아. 병으로 죽고, 굶어 죽고, 얼어 죽고, 말라 죽고, 자연사도 하고.”

인간은 심장이 정지하면 최종적인 죽음을 맞이하지만, 그러기 위한 상황은 정말 많다.

과거에 계약을 해 본 운디네는 그 상황이 얼마나 많은지 잘 알고 있었다.

인간이 죽는 원인은 저렇게 많지만, 정령이 죽는 건 정말 희귀한 일이다. 정령의 죽음은 보기 극히 드물다고 한다.

정령이 큰 죄를 저질러 정령왕이 소멸을 명하면 사라진다고 한다. 그게 정령에게 죽음이다.

정령왕이 직접 소멸을 명하는 건 천오백 년에 한 번 나올까 말까 한다고 하니 말은 다한 셈이다.

그러다 운디네가 잠깐 곰곰이 생각하더니 인상을 찡그렸다. 그런 귀여운 얼굴로 인상을 찡그려 봤자 귀엽게만 느껴질 뿐이지만.

‘음. 무슨 생각을 하고 있는 건지 몰라도 운디네가 무언가를 좀 거슬려 하고 있군.’

서로의 감정을 알 수 있다는 건 참으로 편하다. 상대가 대화를 하다가 무슨 감정을 느끼고 있는지 알 수 있으니 말이다.

“마력을 상승시켜 주는 지팡이는 이해하지만, 아무런

기능이 없는 검도 같이 가지고 다닌다는 건 혹시 날 못 믿어서 그런 거야?"

운디네가 뾰로통한 표정을 지으며 그를 바라보았다.

'아, 내게 힘을 빌려 주는 운디네는 그렇게 생각할 수도 있겠구나.'

그런 생각이 전혀 없었는데, 운디네에게는 서운한 일이었을지도 모른다는 생각이 들었다.

"아냐. 난 운디네를 믿어. 믿고말고."

"그럼 왜?"

이렇게 물으면 어떻게 대답해야 할지 난감하다. 재현은 어떻게 대답해야 할까 조금 고민하다가 입을 열었다.

"말했잖아. 이건 인간의 본능이라는 걸. 내 주력은 너야. 난 너의 힘에 의지할 수밖에 없잖아. 내가 백날 지팡이와 검으로 공격해도 D급 몬스터에게 별다른 치명타도 못 입힐걸?"

특별한 힘이 없는 그에게 D급 몬스터는 힘든 존재다.

제아무리 전투 센스가 있다고 해도, 운디네의 힘을 이용해 싸우는 것과 몸으로 직접 부딪치며 싸우는 건 다르니까.

"이 검은 일종의 보험이라고 생각해 줘. 운디네도 예상치 못하고, 나도 예상치 못한 상황에서 적을 맞이했을 때, 나를 지키기 위한 최소한의 도구로."

"아, 그렇구나. 이해했어."

다행히 바로 이해해 주는 운디네였다. 운디네에게서 서운하게 느껴졌던 감정에서 다시 원래대로 돌아왔다.

운디네가 그렇게 팍팍한 녀석이 아니라서 다행이라고 생각했다.

좀 더 팍팍한 정령이었다면 쉽게 이해해 주지 않았을 테니까.

"그래서 하루 동안 그러고 있으려고?"

"응. 집 안이니까 아무 눈치 없이 있을 수 있잖아. 솔직히 좀 불편하긴 하지만 익숙해져야지."

이 상태로 나가도 사람들은 별로 대수롭지 생각하지 않을지도 모른다.

주위 어디에나 다 헌터가 있는 법이니까. 헌터들은 알게 모르게 일상에서도 쉽게 볼 수 있으니 말이다.

되도록 자신을 안 밝히는 사람도 있지만, 버젓이 자신이 헌터라고 말하고 다니는 사람도 더러 있다.

재현도 헌터가 되기 전에 자기가 헌터라고 자랑하기라도 하듯 무기를 대 놓고 보이며 다니던 사람도 몇 번 봤으니까.

'난 그런 짓 안 해.'

헌터라는 걸 자랑해서 이로울 게 없다는 게 재현의 생각이다.

남에게 자랑으로 떠들고 다니며 만족하는 사람도 있겠지만, 재현은 남에게 자랑하고 다니는 사람들과는 거리가 멀었다.

그런 걸 보면 한심하다고 생각하는 게 재현이니까.

"내일까지 쉬려고. 그동안 사냥터도 알아보고, 의뢰도 확인하지 뭐."

의뢰를 굳이 하는 이유는 약간의 부수입도 있지만, 이것이 중급 헌터 심사에도 도움도 되지만, 초급 헌터는 일정한 기간 내에 의뢰를 맡아야 하기 때문이다.

만일 의뢰를 맡지 않으면 그만큼의 불이익이 있다고 한다. 한 달에 한 번은 반드시 필수다.

수습 헌터 때 의뢰를 맡지 않아 생고생했던 게 생각나 그런 일이 또 벌어지기 전에 의뢰를 하기로 한 것이다.

의뢰자가 헌터를 직접 고르는 직접 의뢰도 있지만, 불특정 다수에게 의뢰하는 경우도 있다. 그럴 때는 헌터 게시판에 올라온다.

의뢰의 종류는 다양하다. 몬스터 토벌부터 시작해 조사, 연구, 몬스터 위험 지역 정찰 등이 있다.

몬스터와 관련된 일도 있지만, 민간인들의 일을 돕는

것도 같이 겸한다.

의뢰 등급은 헌터 기관에서 의뢰를 들어 보고 직접 결정한다.

변동 사항이 있으면 긴급 공지를 날려 황급히 수정하고, 의뢰자들에게 의뢰 등급 변동 사항을 급히 알리는 일도 비일비재하다.

재현도 같은 일이 있었지만, 그의 경우에는 전파가 끊겨 의뢰 등급 변동 사항을 알 방법이 없었지만 말이다.

그가 스마트폰으로 여러 가지를 조사하고 있을 때, 운디네가 말을 걸었다.

"재현아. 손님이 온 모양이야."

"손님?"

정령은 감이 예민해서 밖의 엘리베이터가 움직이는 소리까지 들린다고 한다.

하지만 아무리 시간이 지나도 초인종이 울리거나 하지 않았다. 다만 자신의 앞에 뭔가가 나타났다.

"이건 뭐야?"

빛 덩어리가 자신의 앞에서 막 돌아다닌다. 그러다가 팔 쪽에 안착하더니 매달렸다. 재현이 떨어뜨려도 마찬가지였다.

빛 덩어리가 자꾸 매달리자 계속 떨어뜨리려고 했다.

하지만 잘 안 떨어졌다.

파직!

"아얏!"

갑작스러운 정전기에 재현이 손을 흔들었다.

"이게 뭐야? 정전기가 갑자기 왜……."

재현은 의문이 가득한 얼굴로 빛 덩어리를 바라보았다. 그의 말과 감정을 느끼고 운디네가 물었다.

"아, 재현은 혹시 이게 뭔지 안 보여?"

"빛 덩어리라는 건 확실하게 보이는데?"

그는 보이는 그대로를 말해 줬다. 빛 덩어리. 그에게 보이는 건 딱 그것뿐이다.

딱히 해를 입히는 것 같지는 않은데, 신경이 자꾸 쓰이는 건 어쩔 수 없었다. 운디네는 알았다는 듯이 말했다.

"아, 그렇구나. 친화력은 높아져서 이제 정령들이 다 보일 줄 알았는데 그게 아니었구나. 나 때는 눈부심이었지만, 지금은 어느 정도 친화력이 생겼으니 눈부심이 아니라 빛 덩어리의 형태로 보이는 거구나?"

재현이 빛 덩이를 손가락으로 가리켰다.

"혹시 이것도 정령이야?"

"응. 번개의 정령이야. 너한테 관심이 많은 거 같아."

"이게 번개의 정령이라고? 번개의 정령이 갑자기 나한

테 왜?"

운디네가 번개의 정령이라고 말하는 빛 덩어리에게 말을 걸었다.

서로 대화를 하고 있는 것 같았다. 하지만 재현에게 번개의 정령이라는 빛 덩어리의 목소리가 닿지 않았다.

그가 보기에는 운디네가 혼자 말하고 대답하는 것으로 보일 뿐이다.

약간의 대화를 나눈 운디네가 번개의 정령의 말을 전해주었다.

"재현이 가지고 있던 지팡이에 끌렸데. 그러다가 재현이 친화력도 어느 정도 있으니까 친하게 지내고 싶어 하고 있는 것 같아."

재현은 멍하니 자신의 앞을 돌아다니는 빛의 형상을 바라보았다. 운디네는 몇 번 대화를 하다가 다시 전해 준다.

"재현이랑 정령 계약을 하고 싶대."

"나랑?"

그가 다시 물어보니 고개를 끄덕이는 운디네. 번개의 정령이라 말하는 빛 덩어리는 자신을 어필하려는 듯 그의 눈앞에서 자꾸 돌아다닌다.

"어떻게 할 거야?"

"나야 상관은 없는데."

정령사 특성상 다룰 수 있는 정령이 많아지면 나쁠 게 없어 보였다. 오히려 재현은 바라는 바이기도 했다.

"그런데 운디네 너는 어떻게 생각해?"

"나? 내가 왜?"

운디네는 순수하게 궁금증을 나타냈다. 재현은 그에 대해 설명해 주었다.

"너와 나는 계약으로 이루어져 있는데 또 다른 정령과 계약해도 무관한 거야?"

그제서야 재현의 말뜻을 깨달은 운디네가 미소를 지어 보였다. 재현은 말없이 계속 웃는 운디네를 바라보며 자신이 말을 잘못했나 되짚어 본다.

딱히 이상한 말을 한 적은 없는 것 같았다. 재현은 운디네가 웃음을 그칠 때까지 기다리기로 했다.

잠시 후, 웃음을 그친 운디네가 말했다.

"말했잖아. 정령 계약은 주종관계의 계약이 아니라고. 친구가 되는 거야."

"응, 그런데 계약이잖아."

구두로 계약한 것 같지만, 확실히 계약 관계다. 그 증표로 지금 재현의 오른쪽 손등에는 운디네와 계약의 증표가 남아 있다.

지금은 살 속에 녹아 있지만, 의식하고 집중하면 다시 나타난다. 이 증표는 계약의 증거. 다른 정령과 계약하면 사라지지 않을까 걱정하는 마음이 들었다.

"갑과 을의 관계가 아니니까 괜찮아. 정령사들이 정령을 늘려도 정령들은 뭐라고 안 해. 다른 정령과 계약하는 건 정령사의 마음이야."

"그럼 내가 번개의 정령과 계약을 해도 계약이 해지되거나 하지 않는 거지?"

"물론이야. 만약 해지되거나 했으면 다른 정령이 너에게 관심을 보여도 알아서 물러났거나, 계약하고 싶다고 다가왔어도 하라고 하지 않았겠지?"

그 말을 듣고 안심한 재현이 고개를 끄덕였다. 계약을 여러 번 해도 무관하다는 말에 안심이 된 것이다.

"그럼 할게."

"그래. 나도 친구가 더 느는 거니까."

친구의 친구는 친구라는 생각인 모양이다. 틀린 말은 아닌 것 같다.

"다만 재현에게 하나 말하고 싶은 건. 다른 정령과 계약해도 나한테나 다른 정령한테나 소홀히 하지 말고 동등하게 대해 줘."

"어렵지 않지. 걱정하지 마. 운디네를 내가 버리겠어?

그동안 함께한 시간과 추억이 얼마나 많은데."

운디네는 확실히 친구로 생각하는 재현이었다. 운디네와 대화를 많이 하다 보니 운디네에 대해서도 잘 알고 있다.

또 사냥하러 갈 때, 항상 운디네와 있기 때문에 추억도 많다.

다른 정령에게도 소홀할 생각은 없지만, 운디네에게도 소홀할 생각은 없다.

"아, 그런데 솔직히 말해서 정령 계약을 어떻게 하는지 잘 모르는데? 너와 계약할 때는 꿈속에서 그냥 내 멋대로 말이 나오긴 했지만. 혹시 또 자야 돼?"

피곤한 상태도 아니기 때문에 잠을 자야 된다면 좀 곤란하다. 운디네는 고개를 가로저었다.

"아냐. 꼭 잠을 잘 필요는 없어. 나는 당시에 재현이와 대화를 못 나누다 보니 어쩔 수 없이 꿈의 정령에게 부탁해서 꿈속에서 널 만난 거니까."

정령의 종류는 정말 다양한 모양이다. 운디네에게 종류가 아주 많다고 들었지만 그 범위는 상상 이상인 듯싶다.

"그렇구나. 그럼 어떻게 하면 되는데?"

"손을 가지런히 뻗어서 썬더러와 손을 잡으면 돼."

"썬더러? 아, 번개의 정령 이름 말이지? 근데 손이 안 보이는데?"

동그란 빛 형상이 전부이기에 형태는 전혀 보이지 않았다.

"그건 썬더러가 알아서 할 거야."

운디네가 잘 아니 따르기로 하고 가지런히 손을 뻗었다. 썬더러가 손에 근접해 오자 손끝에서 온기가 전해진다.

작은 손이 자신의 손끝을 잡는 감각이었다. 그리고 그들의 주위로 밝은 빛이 그들을 감싸며 발아래에 마법진의 형상이 나타난다.

처음 운디네와 계약했을 때와 똑같았다.

재현의 몸이 푸른색으로 변하고, 썬더러의 목소리가 귀에 닿았다.

"정령 썬더러는 인간 박재현과 정령의 계약을 통해 서로의 감정을 공유하고 돕기로 이 자리에서 약속한다."

"인간 박재현은 정령 썬더러와 정령의 계약을 통해 서로의 감정을 공유하고 돕기로 이 자리에서 약속한다."

입이 자연스럽게 말을 하고 있었다. 꿈속에서 했던 것과 마찬가지로 입이 자신의 의지가 아닌 멋대로 움직이며 말을 하고 있는 것이다.

공포스럽다는 생각은 안 들었다. 오히려 편안한 기운이

그의 몸을 감싸고 있어 심적으로 안정되었다.

"나 정령 썬더러는 언제나 힘이 되어 계약자를 돕기로 맹세하고."

"인간 박재현은 계약자로서 썬더러에게 힘이 되어 주도록 맹세한다."

빛이 더욱 강력해진다. 사방으로 퍼져 나가는 그 빛이 그들의 몸을 따뜻하게 감싸 안는다.

"이 자리에서 정령 썬더러와 인간 박재현은 계약 관계를 뛰어넘어 친구가 되기로 약조한다."

빛이 절정에 달하고 그들의 몸으로 스며드는 순간 빛이 사라졌다.

빛이 사라지면서 그의 왼쪽 손등에 조금씩 남아 하나의 문양을 만들어 내고 있었다.

약간의 찌릿찌릿하면서 화끈한 느낌과 함께 문장이 만들어졌다.

왼쪽 손등에 남겨졌던 문양이 완성되고, 곧 살 속에 녹아들었다.

"앞으로 잘 부탁해!"

그리고 그의 손을 마주 잡은 또 다른 정령, 썬더러가 눈앞에서 반갑게 인사했다.

Chapter 05
썬더러

썬더러는 장난기가 많아 보이는 천진난만한 소녀였다.

허리까지 내려오는 장발의 운디네와 달리, 운동을 좋아할 것 같은 인상의 단발 머리 소녀 썬더러는 활동량부터 남달랐다.

운디네가 얌전한 편은 아니지만, 썬더러와 비교하면 정말 얌전하게 느껴질 정도다.

썬더러는 운디네처럼 친화력을 올리는 방법이 많지 않았다.

운디네는 물의 정령이기 때문에 물을 마시고, 물로 씻고, 물과 많이 접촉하고, 음식을 할 때도 정화해서 요리를 하는 등의 방법으로 친화력을 많이 올릴 수 있다. 하지만 썬더러는 그렇지 않았다.

썬더러는 번개의 정령이다. 속성은 뇌 속성. 몸에 전기를 흘릴 수도 없고, 인간이 전기를 먹을 수도 없다.

그저 방법은 대화를 많이 하고, 지팡이를 항시 옆에 지니고 있으며 기술을 자주 사용하는 방법이 전부 다.

썬더러와 계약을 하자 사라진 운디네 때문에 다시 소환하려고 하자, 썬더러가 강제로 역소환되고, 운디네가 대신 나왔다.

무슨 상황인지 몰라 썬더러를 소환하려니 이번에는 반대로 운디네가 역소환되고, 썬더러가 소환되었다.

이에 대한 대답은 썬더러가 대신 해 주어 알게 됐다.

정령력은 충분한데, 깨달음이 부족해 두 명의 정령은 아직 소환 불가능하다는 것이다.

무슨 깨달음이 부족한 건지 묻자, 그건 썬더러나 운디네나 잘 모른다고 한다.

그 깨달음을 얻는 것은 계약자 스스로의 몫이라고 한다. 그 때문에 재현은 전투시에 한 마리를 소환하고, 역소환하는 복잡한 과정을 반복해야 된다는 것이다.

이런저런 불편한 상황이지만, 자신의 깨달음이 부족한 것을 탓할 뿐이다.

친화력과 정령력이 높아지면 여러 마리를 동시에 소환할 수 있지만, 지금은 그 조건을 충족시켰어도 깨달음이 받쳐 주지 않는다고 한다.

정령과 관련된 재능이 뛰어난 만큼 실력은 빨리 오르지만, 깨달음은 그만큼 부족하다는 얘기다.

'거기다 경지로 따지자면 난 최하급 정령사란 말이지?'

정령력이나 친화력은 하급 정령사지만, 아직 경지는 최하급이라고 한다.

설마 깨달음이란 것도 스스로 얻어야 하는 것인지 전혀 몰랐던 재현은 고민에 빠졌다.

어떻게 하면 깨달음을 얻을까란 생각이었다. 하지만 깨달음이란 것이 가만히 앉아서 생각한다고 얻어지는 게 아니었다.

운디네와 계약을 하고 많은 것을 생각해 보고, 깨달았어도 아직 그 부분을 충족하지 못했다는 얘기다.

가만히 앉아만 있는다고 얻을 수 있을 것 같지 않았다. 깨달음이란 뭔가 가슴에 팍 와 닿는 것이 있어야 얻을 수 있다고 생각했다.

그래서 지금 운디네는 정령계에 있고, 썬더러와 대화를 하고 있었다. 운디네와는 나중에 대화하기로 하고, 지금은 썬더러와 대화를 하기로 한 것이다.

운디네도 지금은 썬더러와 친해지는 게 좋다며 이해해 주었다.

썬더러와 대화를 하면서 어떻게 운디네와 계약을 하게 됐는지, 계약을 하고 어떻게 지냈는지 등등 얘기를 많이 나누었다.

의외로 운디네와 오랫동안 지낸 것 같지만, 실질적으로 계약한 지 몇 개월밖에 되지 않았다는 것을 듣고 썬더러는 깜짝 놀랐다.

이렇게 단기간에 친화력을 많이 올린 인간은 처음 봤다는 것이다.

노력도 많이 했지만, 선천적인 재능이 있다는 것이다. 그가 자연 친화력을 받아들이는 속도가 뛰어나다는 것이다.

솔직히 재현은 자신이 정말 뛰어난지 어떤지 잘 모른다.

주위에 정령사를 본 적이 없기 때문에 자신이 뛰어난지 어떤지 실감이 나지 않기 때문이다.

옆에 같은 정령사가 있다면 비교해 볼 수도 있겠지만, 비교해 볼 대상이 없다. 운디네도 그렇고, 썬더러도 그렇고 그렇게 말하니 그렇다고 생각할 수밖에 없는 것이다.

그렇게 거의 만 하루 동안 대화를 나누고 재현은 그 이튿날, 트럭을 타고 헌터 양성소에서 몬스터 퇴치 의뢰를 하나 받았다.

난이도는 고작 E급 의뢰였다. 그럼에도 보수가 괜찮았다.

그는 다시 트럭을 타고 몬스터 위험 지역에 들어섰다. 재현은 썬더러를 소환했다.

운디네와 다르게 썬더러가 소환될 때는 그의 손 주위로 전기가 퍼지며 나타났다. 그는 썬더러가 소환되고서 용무를 말했다.

"썬더러. 이제부터 사냥을 할 생각이야."

"사냥을 한다고? 어떤 사냥이야?"

사냥을 한다는 말에 눈을 빛내는 썬더러를 보고 절로 미소가 그려졌다. 호기심 가득한 어린 소녀 같은 모습은 보는 이도 미소 짓게 만들었다.

"몬스터 사냥. 잡을 몬스터는 코볼트라는 몬스터야."

썬더러와 대화를 나누면서 어떤 기술을 사용할 수 있는지는 대략적으로 들었다.

직접 사용해서 확인해 보고 싶었지만, 전기를 사용하기 때문에 한적한 곳이라도 함부로 사용할 수 없었다.

한적한 곳이라도 전기에 예민한 시설물이 많았기 때문

이다.

지팡이의 잠깐의 전격 때문에 노트북이 탄 것처럼 기술을 사용하다가 공공시설을 파괴할 수도 없는 노릇이다. 아직 어떤 위력을 갖고 있는지 전혀 모른다.

그저 어떤 형식의 형태로 공격이 된다는 것만 들었을 뿐이다.

결국 재현은 사용할 수 있는 기술의 형태를 듣고 모두 기술명을 붙여 주었었다.

"코볼트? 호빗처럼 작고, 고블린처럼 생긴 그 몬스터?"

"생김새는 잘 모르지만 아마 그럴 거야."

썬더러는 몬스터에 대해 잘 아는 모양이다. 썬더러는 코볼트를 잡는다고 하자 갑자기 분위기가 확 바뀌었다.

슬픔과 분노가 교차하는 표정이다. 실제로 썬더러에게서 느껴지는 감정도 같았다.

'뭐지? 썬더러가 갑자기 왜 그러지?'

코볼트에게 무슨 원한이라도 있는 건가 싶었지만 건들면 안 되는 거라 생각해 잠자코 있기로 했다.

그러다가 썬더러는 재현이 조금 불편해하고 있다는 걸 느꼈는지 미안하다고 하며 어색하게 웃어 보이며 얼른 화제를 바꾼다.

"그런데 운디네를 놔두고 사냥을 해도 돼?"

썬더러는 자신이 운디네를 대신해 자리를 꿰찬 것이 아닌가 하는 생각을 하고 있었다. 자신이 계약한 건 고작 하루밖에 지나지 않았다.

운디네와 지낸 기간이 더 긴 만큼 재현이 운디네와의 유대가 더 끈끈하다고 생각한 모양이다. 그렇기 때문에 괜히 미안해하는 것이다.

그 모습을 보고 재현이 방긋 미소를 지었다. 재현은 썬더러의 머리를 쓰다듬어 주었다.

'남을 생각할 줄도 알고. 정말 착한 정령이네.'

아직 때가 묻지 않은 순수한 모습이 너무도 보기가 좋았다. 그렇게 썬더러의 머리를 쓰다듬던 재현이 입을 열었다.

"썬더러와는 첫 사냥이니까 운디네도 이해해 주더라고. 지금은 너의 기술들을 실전을 통해 확인하면서 맞출 거야. 그 후에 운디네와 너와 번갈아 가며 싸울 거고."

재현은 한 명만 편애하는 사람이 아니었다. 물론 자신보다 친한 사람에게 정을 더 주는 건 있을 것이다.

그렇다 해도 남을 서운하도록 놔둘 생각은 전혀 없다. 그것이 정령이라고 해도 말이다.

오히려 이렇게 마음씨가 착한 정령이기 때문에 둘 다

평등하게 대하고 싶은 게 재현의 솔직한 심정이었다.

"알겠어!"

썬더러는 힘내겠다는 듯 주먹을 움켜쥐더니 그의 왼쪽 어깨에 올라탄다.

정령들은 사람의 어깨에 올라타는 걸 좋아하는 모양이다. 운디네도 그렇고, 썬더러도 그렇고 어깨에 올라타는 걸 보니.

재현은 산을 올라갔다. 언제든 적이 나타날 수 있다고 생각하며 긴장을 늦추지 않았다. 기습을 해 오더라도 바로 대응할 수 있도록 검 손잡이를 의식한다. 지팡이는 왼손으로 들고 있었다.

이게 산을 올라갈 때도 도움이 되어 평소보다 등산하는 게 힘들지 않았다.

"잠깐만. 저기 뭔가 움직임이 보인다."

재현이 자세를 낮추고, 나무 뒤로 신속히 움직여 숨는다. 고개를 살짝 내밀어 움직임이 포착된 곳을 바라본다. 그곳에는 홉 고블린보다 덩치와 키가 작은 몬스터들이 있었다. 그는 레이저를 쏴 몬스터의 정보를 확인했다.

이름: 코볼트

종류: 고블린과

등급: E

-고블린과 비슷하게 생긴 몬스터이다. 고블린보다 덩치와 키가 작지만, 좀 더 영리하다. 함정을 팔 줄도 알며, 원시적인 무기를 사용한다. 한창 전투 도중 불리하지 않은 상황에서 도망갈 때가 있는데, 함정일 확률이 크니 쫓아가지 않는 걸 추천한다. 화(火), 뇌(雷), 수(水) 속성에 약간의 저항력을 가지고 있다. 무리를 지어 다닌다. (Tip. 물리 공격에 매우 취약하다.)

"속성 마법 저항력이 있다라."

저항력이란 건 그 속성을 어느 정도 견딘다는 뜻이다. 코볼트가 설마 속성 저항력이 있을 줄은 꿈에도 몰랐다. 무엇보다 자신이 소환할 수 있는 썬더러와 운디네에 대한 저항력도 있었다.

'그러고 보니 코볼트의 가죽은 비싼 가격에 거래가 된다고 들었는데…….'

코볼트의 가죽은 가장 많이 팔리는 재료중 하나다. 불, 전기, 물에 저항하는 가죽을 갖고 있으니 당연히 연구 가치로도 높다. 그러나 그것 외에 다른 것에서도 많이 애용이 된다.

옷으로 만들었을 때도 좋다고 들었다. 자세한 속사정은

몰랐는데, 혹시 속성 저항력이란 효과를 누릴 수 있기 때문이 아닐까 재현은 생각한다.

"나쁘지 않군. 그러고 보니 의뢰자도 가죽만 필요하다고 했지?"

코볼트 가죽 다섯 개만 가지고 와 달라고 했다. 이 가죽으로 옷을 만들거나 할 생각이 아닌가 했다.

'보수가 괜찮았으니 가죽값하고 수고비도 같이 주는 거겠지.'

코볼트의 가죽은 수정체처럼 품귀 현상이 빈번히 있다. 수요는 많고, 공급은 적은 가죽이 바로 코볼트의 가죽이다. 모든 헌터들이 가격대비 효율이 좋다는 말로 칭찬할 정도다.

'가죽은 주고, 남은 재료들은 전부 팔아 버리면 되겠지?'

코볼트의 가죽이 가장 높지만, 다른 재료들도 돈이 되기에 팔고자 했다. 다섯 마리 이상 잡으면 다섯 마리를 제외하고 통째로 팔면 되니 별로 부담은 없었다.

"코볼트 오랜만에 보네."

썬더러의 말을 듣고 재현이 의아한 표정을 지었다. 그는 썬더러에게서 자신과 계약한 게 두 번째 계약자라고 들었기 때문이다.

"코볼트를 본 적이 있어?"

"응. 첫 번째 계약자가 죽은 게 코볼트 때문이거든."

그 말을 듣고 재현은 방금 썬더러가 왜 표정이 안 좋았는지 알 수 있었다. 자신의 첫 번째 계약자, 첫 친구가 코볼트 때문에 죽었으니 당연히 그때의 장면이 생각나 화가 났을 것이다.

첫 번째 계약자에 대한 자세한 대화를 나누지 않아 그건 몰랐던 사실이다.

"어린 계약자였어. 순수하고, 착한 아이였는데. 귀족이면서 평민들과 어울려 놀았고. 그런 애인데 운이 나빴던 거야."

"……그렇구나."

썬더러의 슬픈 감정이 그에게도 전해져 와 자신도 슬퍼졌다. 그는 얼굴과 이름 모를 그 아이에게 명복을 빌어 주고 코볼트를 노려보았다.

"썬더러. 이 기회에 마음껏 그 감정을 표출해 볼래? 내가 원하는 만큼 사냥하게 해 줄게."

썬더러가 의아한 듯, 그리고 놀라운 듯 그를 바라본다.

"그래도 돼?"

"응. 친구의 친구는 친구라고 했지? 썬더러는 내 친구니까 그 첫 번째 친구도 내 친구야. 그러니까 나도 친구의 복수를 해 줄게. 분이 풀릴 때까지 코볼트만 사냥하자.”

그러다가 그는 뭔가 생각났다는 듯 다시 말을 이었다.

“아, 물론 이 지역의 코볼트를 전멸시키면 안 되니까 다른 곳도 돌아가면서.”

코볼트를 무분별하게 사냥하다가 전멸하면 불특정한 지역에서 다른 몬스터가 출현한다.

그 때문에 그 영향이 가지 않게 여기저기 돌아다녀야 한다. 이 근처는 코볼트들이 많기 때문에 전멸하려면 어지간히도 많이 잡아야 할 것이다.

그래도 비싼 몸값을 하는 만큼 사냥하는 사람들도 많으니 적당히 잡는 게 좋겠다고 생각했다.

“좋아, 가 볼까?”

재현이 환도를 꽉 움켜쥐며 뽑았다. 검도를 배운 적이 있지만, 이런 진검을 사용하는 건 처음이다. 그는 코볼트를 향해 손가락으로 가리키며 외친다.

“라이트닝 차지!”

그 말과 함께 썬더러가 빛의 속도로 녀석들을 향해 날아갔다. 갑작스러운 등장과 함께 녀석들이 전격에 노출되었다. 썬더러의 몸에서 전격이 뿜어져 나오며 녀석들을 감전시켰다.

"라이트닝 볼!"

썬더러의 몸에서 전격이 빗발치고, 하나의 구체를 만들었다.

전격으로 이루어진 구체는 그 자리에서 전격을 5초 간 뿜어냈다. 녀석들이 감전되어 고통스러워하는 게 보였다. 정상적인 생물체였으면 이때 감전된 상태여서 사지가 마비되어 움직이지 못했을 것이다.

코볼트들은 뇌 속성에 저항력을 가지고 있어 감전됐어도 생각보다 큰 피해를 받지 않은 모양이다. 그래도 움직임이 잠시 봉해진 모양이다. 녀석들의 다리가 후들후들 떨리고 있었다.

"끼악!"

약간 거리가 떨어져 있던 코볼트 두 녀석은 무사했다. 두 녀석이 침을 쏘는 막대기를 입에 갖다 대려고 한다. 재현은 손가락 방향을 바꿔 두 녀석을 향해 외친다.

"라이트닝 애로우!"

썬더러는 그 즉시 전기로 이루어진 빛을 두 녀석을 향해 날렸다. 섬광과 함께 두 개의 전격은 녀석들에게 적중했다. 허나 두 녀석들은 공격을 당하기 무섭게 재현에게 다시 달려들었다.

나머지 녀석들보다 피해가 적어 곧바로 움직일 수 있던

모양이다. 재현은 달려드는 녀석들을 지팡이와 검을 휘둘러 다가오지 못하게 한다.

그 과정에서 한 녀석이 지팡이에 맞고 몸이 무너진다. 전격의 피해를 덜 봤어도 그 피해는 남아 있던 모양인지 너무도 쉽게 쓰러졌다. 그사이 나머지 녀석들도 어느 정도 마비가 풀렸는지 재현을 향해 달려들었다.

단번에 포위가 된 형국이었지만, 재현은 이것을 노리고 있었다.

"라이트닝 샤워!"

번개가 재현이 있는 곳을 제외하고, 사방으로 퍼져 나가며 녀석들의 몸을 감싼다.

쉴 틈 없이 몰아치는 전격에 녀석들의 피해가 점점 막심해진다. 어떤 녀석은 그 고통에 못 이겨 기절하기도 했다.

몇 녀석이 도망치려고 발버둥 치고 있었다. 허나 몸이 말을 듣지 않는 것 같다. 재현은 순식간에 녀석들이 쓰러지는 걸 눈앞에서 목격하고 기가 막힌 표정을 지었다.

"뭐야, 이거. 무서워."

썬더러는 운디네와 다르게 치유하거나 물을 정화하는 등의 효과는 없고 일체 공격 기술밖에 없다.

그런 만큼 공격 기술이 강하다고 했는데, 이건 너무하

다는 생각이 들었다. 공격적인 특화 면에서는 운디네보다 썬더러가 훨씬 뛰어났다.

"이건 너무 압도적으로 차이 나잖아."

*　　*　　*

재현은 사냥한 코볼트들을 트럭에 싣고, 다시 산에 올라가 사냥하고, 다시 트럭에 싣는 일을 반복했다. 그렇게 몇 번의 사냥을 해 보고 확실히 알았다. 운디네와 썬더러의 차이가 너무 명확한 것이다.

운디네와 썬더러를 교대해 가며 사냥해 본 결과였다. 사냥 속도나, 공격 기술의 위력은 엄청난 차이를 보였다.

왜 이렇게 위력 면에서 차이가 나는지 썬더러에게 물어보았다. 그리고 썬더러는 그 말을 듣고 의아한 듯 대답해 주었다.

"응? 그건 당연한 거 아냐? 나와 불의 정령 샐러맨더는 정령 중 위력만 보자면 엄청 강하다고."

"그런 거였어?"

그런 설명은 일체 들어 본 적이 없어서 전혀 몰랐던 얘기다. 썬더러는 상식처럼 말해 주었지만, 재현은 난생처음 듣는 말이다. 그도 그럴 것이, 운디네가 말해 주지도 않았고, 재현이 물어본 적도 없기 때문이다.

자신이 다른 정령과 계약할 수 있으리라고는 전혀 생각해 보지 않았고, 다른 정령의 힘에도 관심이 없었다.

썬더러는 고개를 끄덕이며 보충 설명을 해 주었다.

"근데 그건 중급까지야. 상급부터는 그 위력의 차이라는 게 애매해져. 처음에는 위력 면에서는 운디네가 약한 편이지만, 나중에 갈 때는 뭐가 더 강하다라는 게 사라지거든. 각 정령마다 다루는 힘이 다르니까 측정하기가 애매해지지. 뭐가 더 강하다고 할 수 없게 돼."

미묘한 차이는 있겠지만 그리 많이 차이 나는 것이 아니라고 하니 재현은 그렇게 이해할 수밖에 없다. 그는 곰곰이 생각하다가 문득 한 가지 생각이 떠올랐다.

"잠깐. 그럼 운디네는 하급 정령일 때는 약한 편이지만, 물을 정화하거나 그런 능력은 그대로면 복합적으로 따졌을 때는……."

말을 미처 끝내지도 못하고 운디네가 재현의 의문을 눈치채고 텔레파시로 말해 주었다.

[응. 그리고 그만큼 효력이 좋아져. 정화 속도도 빨라지지만, 정화한 물은 그 효과가 몇 배로 되지. 치료수의 효과도 좋아지고 말이야.]

그렇다면 이것저것 따졌을 때 운디네가 여러 면에서 좋

다는 것이다. 그러니까 이거랑 비슷하지 않을까 싶었다.

초반에 키우기 어려운 게임 캐릭터가 있는데, 그 캐릭터가 후반에 갈수록 좋다는 거. 따지고 보면 운디네가 바로 그런 쪽이 아닐까 하는 생각이 들었다.

"다 장단점이 있는 법이니까. 운디네는 실수로 계약자에게 공격 기술을 날려도 즉시 없앨 수 있지만, 나는 그게 불가능해."

"응? 그런 거야?"

"내 기술이 얼마나 빠른지 봤지? 내가 날린 공격은 이미 내가 어떻게 할 수 없어."

재현이 고개를 끄덕였다. 확실히 썬더러의 공격 기술은 크고, 빠르고, 강력한 기술뿐이었다. 그중 빠른 걸 강조했다는 건 자신도 한 번 날린 건 어떻게 해 볼 수 없다는 것을 나타내는 말일 것이다.

'운디네. 썬더러 말대로 정말 공격 기술을 날린 도중에 다시 회수할 수 있다는 게 사실이야?'

[응. 가능해. 내가 날린 공격 기술은 수분을 형태로 만든 거잖아. 그 수분은 다시 모으면 원래대로 돌아가서 회수가 가능해.]

운디네가 실수로 재현에게 공격 기술을 날린 적이 없어서 잘 모르는 사항이었다. 확실히 전투를 할 때 자신이 사용한 기술의 수분을 모아 다시 재활용하는 것을 보긴 했던 것 같다.

그걸 봤을 때 자신에게 날아오는 공격 기술도 똑같이 할 수 있는 게 아닐까란 생각이 들었다. 실수란 걸 깨달으면 즉시 수분을 회수하는 형식으로 말이다.

“복합적으로 따졌을 때 위력은 처음에 다른 정령들보다 뒤질지 몰라도 운디네가 안정적일 거야.”

[반면 썬더러는 빠르고 강한 전투 스타일에 특화되어 있지. 전투 면에서는 나보다 썬더러가 우위를 점할 수 있어.]

“뭐가 좋다 나쁘다가 아니라, 각자 나름대로의 장점이 있으니 판단하는 건 쉽지 않겠네.”

그렇게 생각하다 문득 운디네와 썬더러가 서로에 대해 칭찬하는 걸 알게 된 재현이었다. 그는 그것에 대해 의문이 들었다.

“그러고 보니 너희들은 서로 힘을 비교당하고 있다고 생각할 수 있는데도 기분 안 나빠?”

자신 같았으면 비교를 당하면 기분 나빴을 것 같은데, 썬더러나 운디네는 전혀 그런 게 없었다.

이럴 때 서로 자신의 속성에 대해 자존심 싸움이라도 할 것 같은데, 대화하면서 서로 그런 뉘앙스를 풍기지도 않았다.

서로 칭찬할 때는 칭찬한다. 좋은 점, 나쁜 점도 설명해 주면서 말이다. 재현의 물음에 오히려 썬더러와 운디네가 이상하다는 듯 되묻는다.

"사실인데 왜 기분을 나빠해?"

[서로 속성이 다른 걸 어떻게 해? 각자의 스타일인데.]

정령들 사이에서 각 속성 정령들의 힘을 인정하는 모양이다.

썬더러가 운디네에 대해 칭찬해 주면서 힘도 비교했는데도 운디네가 기분 나쁘다는 의사를 텔레파시로 안 보내는 걸 보면 말이다.

"아니. 서로 존중하고 안 싸우면 나야 다행이지."

서로 힘에 대한 자부심은 있어도 대립할 일은 없다는 걸 알았기 때문에 전혀 문제 될 것은 없다.

내심 서로 단점에 대한 것에 자존심이 생겨 서로 대립하지 않을지 걱정했는데, 그럴 걱정이 없어지니 안심이 되는 재현이었다.

다루는 정령이 두 명인데, 그 두 명이 서로 싸우면 곤란한 건 재현이니까.

두 정령이 유독 착해서 그런 것일 수도 있고, 정령들이 다 그런 것일 수 있다.

다만 자신과 계약한 운디네와 썬더러는 서로 배려가 많은 만큼 인정할 건 인정하고, 싸울 일은 없어 보인다.

이 둘을 보니 인간이란 종족은 참 여러 가지 면에서 타락한 존재구나 하는 생각이 든다.

인종이 다르다고 차별하고, 가치관이 다르다고 싸우는 게 인간인데 정령은 전혀 그렇지 않은 모양이다.

재현이 정령이 아니니 정령의 속사정을 자세히 몰라 확신할 수 없지만, 이 둘을 보면 최소한 그런 생각이 들었다.

*　　*　　*

재현은 코볼트를 트럭에 가득 실을 수 있을 정도로 사냥하고 곧장 의뢰자에게 코볼트의 가죽 다섯 개를 건네주었다.

의뢰자는 역시나 옷을 만드는 공장을 하고 있는 공장주였다.

공장주에게서 고맙다는 말과 함께 의뢰금을 받았다. 의뢰금은 원래 오백만 원이었지만, 가죽의 상태가 좋다고 오십만 원을 추가로 더 얹어 주었다. 가죽 하나당 백십만 원을 받은 셈이다.

재현은 코볼트 사냥으로 인해 얻은 가죽을 파는 일도 그리 나쁘지 않은 것 같다고 생각했다. 더군다나 기분 좋게도 추가금까지 받게 되었으니까.

나머지 재료들은 죄다 헌터 거래소에 팔아넘겼다. 거래소에서 거래를 하니 통장에 구천만 원이란 거액이 생겼다.

코볼트가 워낙 고급 재료다 보니 몸값이 비쌌던 것이 한몫했다.

무엇보다 이런 단기간에 이만큼 사냥할 수 있던 것도 썬더러의 도움이 가장 크다고 볼 수 있었다.

신속하고 강력한 공격 덕분에 사냥 속도가 몇 배나 빨라졌기 때문이다.

확실히 위력 면에서 강력한 힘을 낸다는 정령다웠다. 운디네가 조금 서운해할 수 있기에 운디네랑도 사냥을 하기도 했다.

운디네와 호흡을 많이 맞춰 봤기 때문에 기술을 어떤 상황에서 사용하는 것이 좋은지 잘 알고 있는 재현이다.

썬더러와 사냥 속도를 비교했을 때는 약간 느렸을 뿐이다.

아직 적응이 덜 되어 상황에 맞는 기술이 안 나오지만, 적응만 되면 썬더러로 더 빠른 사냥이 가능할 거라 봤다.

몇 번 사냥을 해 보니 조금씩 익숙해져 점점 사냥 속도가 빨라지고 있는 것도 사실이었다.

'대출금은 한 번에 갚을 수 있겠군. 그리고 누나의 레스토랑 비용도 대 줄 수 있을 테고. 엄마한테 용돈도 넉넉히 보낼 수 있고.'

이런 식으로 쭉 돈이 벌리면 대출금을 갚고도 남았다. 재현은 기쁜 상상의 나래를 펼쳐보았다.

아무 걱정 없이 자신의 집을 갖고, 누나는 꿈에 그리던 레스토랑을 드디어 운영하고, 엄마에겐 부족하지 않게 돈까지 대줄 수 있다.

어려웠던 시절은 이제 영원히 안녕이란 소리다. 고생한 만큼 복이 온다고 했던가. 지금 상황이 딱 그 말과 어울렸다.

Chapter 06

성장하다

재현은 의뢰와 몬스터 사냥을 동시에 하는 것을 주로 선호했다.

몬스터도 사냥하면서 의뢰금도 받을 수 있기 때문이다. 덕분에 돈은 전보다 많이 벌리기 시작했다.

코볼트 쪽이 의뢰가 많아 재현은 코볼트 사냥을 주로 했다. 덕분에 그동안의 경험으로 코볼트가 얼마나 영악한지도 알 수 있었다.

그렇게 평화롭게 다를 바 없는 사냥을 하고 있을 때, 재현이 머리를 만졌다.

"왜 그래?"

재현의 표정은 아무렇지 않은데, 그가 고통스러워하는 것이 느껴졌다. 운디네는 걱정스러운 표정으로 물었다.

"어디 아파?"

"심각한 건 아니니까 걱정하지 마."

걱정하지 말라고는 해도, 운디네는 여전히 걱정스러운 표정이다. 정령계에 있던 썬더러도 텔레파시로 괜찮냐는 안부를 묻는다.

"내가 치료수라도 만들어 줄까?"

"아니. 치료수는 두통에 효과가 없는 것 같더라. 마셔도 똑같아. 두통약 챙겨 왔으니까 걱정하지 마."

재현이 주머니에서 두통약을 꺼내 알약을 물과 함께 목 뒤로 넘겼다.

얼마 안 있으면 두통이 가라앉으리라. 그러는 와중 운디네가 의아한 듯 고개를 갸웃거리고 있었다.

"치료수가 두통에 효과가 없다니. 그럴 리가 없는데……."

운디네가 만드는 치료수는 만능이다. 외상과 내상은 다 치유된다. 그것이 두통이라고 해도 예외는 아니다.

재현이 거짓말을 하는 것이냐고 묻는다면 그것도 아니었다. 그는 진실을 말하고 있었다. 그렇기에 운디네는 의아할 수밖에 없었다.

"아, 혹시 재현이 그때가 된 건가?"

"그때라니?"

"왜, 전에 얘기했었잖아. 너의 경지 얘기했을 때."

그 말을 듣고 재현이 고개를 끄덕였다.

자신은 정령과 관련된 재능이 있어 친화력과 정령력은 충분하고도 넘치는데, 깨달음이 부족해 성장하지 못했다는 얘기라면 기억한다.

최하급, 하급, 중급, 상급, 최상급 중 가장 하위권인 최하급에 머물고 있다고 하니 살짝 좌절감이 들었던 그 얘기를 어떻게 잊겠는가!

"근데 그게 왜?"

순수하게 질문하자 운디네가 방긋 미소를 지으며 설명해 주었다.

"간혹 정령사 중 이런 경우가 있어. 재현이처럼 다음 단계로 가기에는 충분한데, 깨달음이 부족한 사람이."

재현은 운디네의 말에 경청했다. 이런 얘기라면 흘려들을 수 없기 때문이다.

"그런 사람들은 간혹 두통이나 뻐근함 혹은 피곤함을 느낄 때가 많아. 증세가 너무 가벼워 그걸 모르는 경우도 상당히 돼."

"헤에, 그렇구나. 그럼 다음 단계가 되려면 하루 빨리 깨달음을 얻어야겠네?"

운디네는 고개를 끄덕였다.

"재현이가 미처 생각하지 못한 것을 깨닫게 되면 작은 거라도 다음 단계로 성장할 수 있는 밑거름이 될 거야. 작은 게 모여도 다음 단계로 성장할 수 있거든."

깨달음은 계약자가 얻어야 비로소 그 가치가 온전히 실현되는 것이다.

깨달음이란 게 얻고 싶어서 얻는 것이 아니니 운디네도 재촉하지는 않았다.

재현은 그렇구나 생각하다가 경치를 보고 말했다.

"산에 올라와서 그럴지도 모르는 거잖아. 고도가 높으니까 갑자기 머리가 아픈 걸지도 모르지. 최근 산에 올라가는 일이 많았으니까."

고도가 높은 산에 올라가면 귀가 먹먹해지거나, 머리가 아파지는 경우는 언제든 있다. 재현도 그런 것이라 생각했다.

"음…… 확실히 그럴지도 몰라. 하지만 다음 단계로 성장하려는 것일 수도 있어."

"가능성은 언제든 열려 있다는 말이지? 나도 네 말처럼 성장하려는 두통이었으면 좋겠다."

재현은 미소를 지으며 확 트인 공간에 도착하고 주위

경치를 둘러보았다. 재현이 이번에 온 산은 설악산이다.

물 좋고, 공기 좋은 설악산. 이곳은 자연 친화력을 올리기에 정말 좋은 곳이었다.

그가 이번에 굳이 설악산에 온 이유는 며칠 전 이곳에 몬스터가 대거 출현했기 때문이다.

근방에 주둔지가 있던 군인과 사냥하고 있던 헌터들이 발 빠르게 대응해 인명 피해는 나지 않았다.

다만 몬스터의 출현 때문에 민간인 출입금지가 되어 버렸다.

덕분에 설악산 국립공원 근처에 있던 가게들은 일시적으로 문을 닫을 수밖에 없게 되었다.

민간인들은 모두 대피했지만, 언제 산 아래로 내려올지 모르기 때문에 얼른 소탕해 달라고 강원도지사가 신속히 의뢰를 요청했다.

그 덕에 헌터 게시판은 설악산 몬스터 소탕 의뢰로 가득했다.

의뢰금은 몬스터를 잡은 수에 따라 추후 전달하겠다고 하니 별로 부담도 없었다.

설악산 근방에서 잡은 몬스터를 일일이 세는 것의 까다로움과 숫자를 속일 것을 염려해 의뢰를 수락한 헌터들에게 킵보이에 새로운 기능을 업데이트해 줬다.

애기를 들어 보니 설악산 근방에서 잡은 몬스터들의 숫자와 종류까지 전부 파악이 된다는 모양이었다.

얼마나 잡았는지 굳이 새지 않아도 되고, 증거가 될 것도 안 가져가도 되니 편리한 기능이라고 볼 수 있었다.

D급 몬스터까지는 잡을 수 있는 재현이다.

썬더러가 어떤 기술을 사용하는지 전부 파악했고, 상황에 맞게 운용하는 법도 알기 때문이다.

다만 이번에 출현한 몬스터들은 꽤 높은 등급도 있다는 모양이었다.

현재 파악된 가장 강력한 몬스터는 무려 B급 대형 몬스터, 트롤이다.

경험이 적은 재현이 어찌할 수 없는 몬스터다. 만나면 무조건 도망쳐야 하는 몬스터인 것이다.

트롤이란 몬스터는 상급 헌터 여러 명이 달려들어야 소탕이 가능한 등급이다.

C급 몬스터를 잡기는커녕 D급만 잡으려고 하는 재현이기 때문에 잡으러 갈 엄두도 못 낸다.

'근데 트롤은 엄청 비싸다고 하는데. 한 마리당 삼천만 원 이상이라고 했던가?'

자세한 건 모르지만 그것보다 더 나갔던 걸로 기억한다. 물론 돈에 멀어 재현이라고 무모하게 트롤을 사냥하러 갈 생각은 없다.

재현 스스로도 자신은 트롤의 발끝도 미치지 못한다고 자각하고 있기 때문이다.

자신의 힘을 잘 알기에 설악산 깊숙이 들어갈 생각은 없었다.

약한 몬스터들이 설악산 외곽 쪽에 있다고 하니 그쪽에서 잡을 생각인 것이다. 하지만 아직 모든 몬스터들이 파악된 것이 아니라서 트롤이 가장 강력하다고 볼 수 없다.

트롤이 설악산 깊은 곳에 있다고 하지만, 더 강한 몬스터는 언제든 나타날 수 있다.

그 강한 몬스터를 아직 아무도 발견하지 못했을 가능성이 있다.

실력 있는 조사단들이 먼저 들어가 확인하고 있다고 한다. 그렇게 천천히 산을 올라가고 있을 때, 비릿한 피 냄새가 그의 코를 찔렀다.

재현은 피 냄새를 맡기 무섭게 허리춤에 있던 검을 꺼내고 운디네는 수분을 모으기 시작한다.

피 냄새가 나는 곳을 향해 이동하니, 대지가 피로 물들어 있고, 산속으로 이어져 있었다.

재현은 주변을 경계하면서 천천히 선을 따라 이동한다.

붉은 선을 따라 5분 동안 이동하니 우득우득 뭔가를 씹어 먹는 소리가 들려왔다.

재현은 숨을 죽이고, 몸을 숨기며 조심스럽게 그 소리를 향해 다가갔다. 그리고 안도의 한숨을 내쉬었다.

"뭐야, 노루였잖아. 나는 또 사람이 당한 줄 알았네."

노루를 먹고 있던 것은 몬스터였다. 이름은 알 수 없는데, 멧돼지와 유사한 몬스터였다. 재현은 레이저를 쏴 정보를 확인했다.

이름: 아이언 와일드 보어

종류: 돼지과

등급: D+

-잘 단련된 철처럼 단단한 송곳니를 가진 돼지형 몬스터이다. 멧돼지와 비슷하게 생겼지만, 덩치가 최소 1.5배, 최대 2배는 크다. 아이언 와일드 보어는 돌진 공격 외에는 그리 위협적이지 않다. 또한 시속 20킬로미터로 달릴 수 있기 때문에 들이받지 않도록 주의해야 한다. (Tip. 가죽이 매우 두꺼워 공격이 잘 들어가지 않으며 돌진과 송곳니는 주의를 요망함.)

"돼지 주제에 엄청 빠르네."

사람들이 자주 오해하는 것 중 하나가 돼지는 느릴 거

라고 생각하는 것이다. 재현도 자세한 것을 몰라 오해를 하고 있었다.

사실 돼지는 엄청 빠르다. 식용으로 키우는 가축 돼지들이야 많이 먹이기 때문에 빨리 달리지 못할 뿐이지, 그렇지 않은 돼지들은 엄청난 속도를 자랑한다.

특히 멧돼지 같은 경우는 더하다. 덩치도 크지만, 힘도 엄청나게 좋아 사람도 크게 다칠 수 있다.

그게 덩치가 더 크고 공격성이 강한 몬스터라면 죽이는 건 일도 아닐 것이다.

"꿔익!"

"이번 사냥은 조심해야겠군."

마침 녀석이 이쪽을 눈치챘다. 노루의 뼈도 거의 남지 않은 상태인데 아직 만족하지 못한 듯했다.

녀석은 입 주위에 시뻘건 피를 묻힌 채 재현을 노려보고 있었다.

언제든지 달려들 수 있도록 앞발을 구르고 있었다. 발을 구르는 것뿐인데, 그것이 꽤 위협적으로 다가왔다.

녀석은 덩치에 맞게 식성도 좋은 모양이다. 기분 탓일지도 모르지만 살짝 입맛을 다셨던 것 같다.

하필 만나도 D+급 몬스터였다. D급 몬스터들은 사냥해 본 적이 있지만, D+급은 이번이 처음이다.

'일단 홉 고블린 부족장보다 약하다는 의미이긴 한데…….'

자신도 승리를 자신할 수 없을 정도다. 같은 D급이라도 마이너스(-)이냐, 플러스(+)이냐에 따라 엄청난 차이가 있기 때문이다.

D급보다 강하지만 C급에는 못 미치는 것이 플러스의 의미이다. 거의 C급 몬스터라고 봐도 무관하지 않을까 싶었다.

"중급 헌터들이나 잡을 몬스터인데……."

초급 헌터인 재현은 솔직히 자신이 없었다. D급까지는 어찌어찌 잡을 수 있을 것 같은데, 녀석은 좀 자신이 없었다. 하지만 도망치기에는 좀 늦은 것 같았다. 녀석의 시선이 그에게서 떨어질 줄 몰랐기 때문이다.

한 발자국 뒤로 물러가자, 녀석이 한 발자국 앞으로 다가왔다. 어떻게든 쫓아올 생각인 모양이다.

전투를 피할 수 없어 보이니 그가 할 수 있는 건, 전투를 하는 것뿐이었다.

"와라."

재현이 지팡이와 검을 꽉 움켜쥐며 자세를 취하고 손가락을 까딱거리자 녀석이 일직선으로 돌진해 온다.

"아쿠아 쉴드!"

모아 두었던 수분이 방패를 만들고, 녀석의 진로를 막는다. 하지만 녀석은 그런 것에 아랑곳하지 않고 아쿠아 쉴드를 들이박았다.

콰앙!

아쿠아 쉴드가 녀석과 충돌하자 엄청난 소리와 함께 곧 사방으로 물방울로 흩어졌다. 녀석도 충격이 좀 있었는지 고개를 흔들고 있었다.

이를 본 재현이 상당히 놀란 표정을 지었다.

"아쿠아 쉴드가 깨졌어?!"

고작 돌진 하나로 아쿠아 쉴드가 깨진 것에 놀란 재현이었다. 운디네도 조금 놀란 표정이었다.

아쿠아 쉴드는 예전과 다르게 훨씬 더 단단하고 두꺼운 것으로 되어 있다. 마나 증폭이라는 효과를 본 덕분이다.

하지만 아이언 와일드 보어는 그 모든 걸 무시했다. 오직 돌진으로만 아쿠아 쉴드를 유리처럼 깨뜨렸다. 놀랍지만 놀랄 틈은 없었다. 녀석이 다시 정신을 차렸기 때문이다.

"저 녀석, 힘이 엄청 좋은데?"

"재현아, 조심해야 돼. 만일 상황이 여의치 않으면 도망치고."

"도망치려고 해도 따라잡힐 것 같지만."

시속 20킬로미터로 달리는 녀석을 상대로 어떻게 도망치라는 것인가. 정말 도망칠 일이 생기면 금방 따라잡힐 게 분명하다.

아무리 재현이 날고 기어도 사족 보행의 동물에게 달리기로 이길 수 없다.

“아쿠아 스피어!”

물의 창이 녀석을 향해 날아간다. 녀석은 그 공격을 피하지 않고 아무렇지 않다는 듯 맞아 주었다.

“미, 미친 새끼. 저걸 안 피하고 그냥 맞고도 무사해?”

자신도 모르게 욕이 툭 튀어나올 정도로 재현은 놀라움을 감추지 못했다.

녀석은 그 공격을 받고도 아주 멀쩡했다. 타격은 확실하게 들어갔다.

하지만 아쿠아 스피어가 녀석의 두꺼운 가죽을 뚫지 못했다.

그가 사냥했던 몬스터들 중 아쿠아 스피어를 정통으로 맞고도 무사한 녀석은 단 한 마리도 없었다.

“방어력은 엄청나군.”

“물리적인 것만이 아니라 마법 방어력도 엄청난 모양이야.”

“거기다 공격력도 어마어마할 테고.”

상대하기 확실히 까다로운 몬스터다. 같은 D급이라도 저렇게 차이가 많이 나면 재현도 힘들다.

"분명 녀석에게 약점이 있을 거야. 만약 싸우는 와중 발견하지 못하면 수정체라도 파괴시켜야지."

몬스터들은 수정체를 심장에 담고 있으며, 그것이 파괴되면 생물 활동이 멈춰 버린다.

어지간한 몬스터들은 심장에 칼이 찔렸어도 오랫동안 움직일 수 있지만, 수정체가 파괴되면 바로 죽는 것이다.

이것은 헌터들과 연구진들이 오랫동안 연구를 해 본 결과 밝혀진 사실이다. 수정체는 몬스터들이 활동할 수 있게 해 주는 에너지원인 것이다.

그래서 헌터들이 위험할 때 가장 먼저 노리는 게 수정체이다.

수정체가 가장 값이 된다고 할 수 있지만, 누구나 돈보다 목숨이 중요한 법이다.

재현도 위험하면 녀석의 수정체를 파괴할 생각이었다.

'아쿠아 애로우는 애초에 살상용이라기보다 견제용이니 그리 아프지도 않겠지. 아쿠아 버스트도 강력하긴 하지만, 아쿠아 스피어보다 위력이 강하지 않을 테고.'

운디네가 낼 수 있는 가장 강력한 워터 프레셔를 제외하고 강한 기술이 아쿠아 스피어다.

아쿠아 스피어가 막혔으니 무엇으로 공격해도 마찬가지다. 그러나 재현은 아직 한 수가 남아 있었다.

"그렇다면 아예 못 움직이게 하면 되지. 수중감옥!"

수중감옥을 사용하자 녀석의 몸이 물에 묶였다. 덩치가 워낙 커서 간신히 녀석의 몸만 가두는 것에 성공했다.

"꾸이이익!!"

녀석이 울기 시작한다. 그 소리가 어찌나 시끄러운지 귀청이 다 떨어질 지경이다.

재현이 한쪽 귀를 막으며 녀석에게 다가가려고 할 때였다.

"재현아, 다가가지 마!"

운디네의 외침과 함께 앞으로 가던 다리가 멈추고, 수중감옥에서 이변이 일어났다.

녀석의 울음소리가 수중감옥에 물결을 일으키기 시작한 것이다. 녀석이 갑자기 몸을 거칠게 움직이기 시작한다. 그리고 수중감옥에서 빠져나왔다!

"이런 말도 안 되는……!"

수중감옥에서 빠져나온 경우는 이번이 처음이었다. 재현은 수중감옥을 직접 겪으면서 이것이 얼마나 포박력이 강한지 잘 알고 있다.

움직이려고 해도, 물 때문에 움직임이 둔화되고, 제 힘을 발휘하지 못한다.

거의 필살의 기술이라 생각했는데, 아이언 와일드 보어에게는 전혀 통하지 않는 기술이었다.

"화가 많이 났나 봐!"

운디네가 굳이 말하지 않아도 다 알고 있다. 녀석의 눈빛이 더 매서워지고, 콧김까지 거칠게 내쉬고 있었다.

제대로 흥분 상태에 들어간 모양이다.

당연히 보이지 않겠지만, 이마에는 핏대까지 서 있는 것 같은 착각마저 일고 있었다.

실제로 녀석의 털을 들춰 보면 그럴 것 같았다.

"꾸이이이이익!!"

녀석이 괴성과 함께 재현에게 빠르게 돌진해 왔다. 재현은 깜짝 놀라며 반사적으로 옆으로 피했다. 하지만 반응이 좀 늦었다. 옆구리를 녀석에게 내주고 말았다.

"윽! 아파 죽겠네."

재현의 옆구리가 욱신거리는 걸 느끼며 녀석을 노려본다.

옆으로 피하면서 반사적으로 검을 찔러 넣어 현재 녀석의 옆구리에도 그의 검이 박혀 있었다.

검을 수리하고 꾸준히 관리하며 날을 잘 갈아 푹 들어갔다.

무엇보다 검이 박힌 곳은 연약한 부분이었다. 두꺼운 부분에 박았으면 이렇게까지 잘 박히지 않았을 것이다.

녀석은 옆구리에 박힌 검이 신경 쓰였는지 몸을 흔들어 털어 내려 했지만, 그럴수록 더 큰 상처를 입힐 뿐이었다.

"이게 바로 육참골단(肉斬骨斷)이란 건가?"

자신의 살을 내주고, 녀석의 뼈를 깎았다. 피해량만 보자면 재현에게 엄청난 이득이다.

재현이 느끼는 고통보다, 녀석이 더 심한 고통을 느끼고 있을 것이다.

하지만 고통을 누가 더 잘 참느냐가 가장 관건이다.

녀석은 더욱 흥분한 상태가 되어 버렸다. 어느새 녀석은 상처보다 눈앞에 있는 재현을 신경 쓰게 되었다.

"이거 내가 이득 맞나?"

녀석이 흥분하면 흥분할수록 고통을 잊을 것이다. 흥분 상태에 이르면 엔도르핀이 극도로 분비되어 고통을 잊는다고 하는데, 녀석이 딱 그 꼴이었다. 녀석이 다시 앞발로 땅을 구른다.

땅을 구르는 것이 녀석이 돌진하려는 신호란 것은 이미 진즉에 파악했다. 녀석이 다시 시끄러운 소리와 함께 달려들었다.

"아쿠아 쉴드!"

잠깐이라도 녀석의 움직임을 봉할 목적으로 정면에 아쿠아 쉴드를 사용하고, 녀석은 역시나 아쿠아 쉴드를 향해 들이박았다.

아쿠아 쉴드가 여지없이 깨져 버렸다. 하지만 녀석의 돌진은 여전히 유효했다.

속도는 많이 죽었어도, 녀석은 멈추지 않는 것이다.

"이, 이런!"

이대로 가다가는 부딪친다고 느꼈다. 아쿠아 쉴드가 녀석의 움직임을 저지할 거라고 믿었는데, 그게 아니었다. 녀석은 속도가 죽었어도, 돌진을 해 오고 있는 것이다.

"아쿠아 스피어!"

"수분이 부족해!"

여태껏 수분이 부족했던 적이 없었기에 재현의 눈이 휘둥그레졌다. 자신도 모르게 운디네를 바라봤다.

운디네는 수분을 모으고 있었어도, 충분히 모아두지 못한 상황이었다. 써 봤자 아쿠아 애로우 몇 발 정도의 양이었다.

[위험해!]

썬더러의 텔레파시와 함께 운디네가 사라지고, 썬더러가 나타났다. 정령력이 확 빠져나가는 게 느껴졌다.

정령이 소환자가 소환을 명령해서 소환하는 것이 아닌, 자신 스스로 나타나면 엄청난 정령력이 빠져나간다고 들었다.

해서 정말 위험한 상황이 아니면 나오지 않는다고 한다.

반대로 스스로 현계에 나타났다는 것은 그만큼 재현이 위험하다는 뜻이었다.

썬더러가 나타나고, 운디네가 역소환 되었다. 썬더러는 등장과 함께 엄청난 전류를 녀석에게 쏟아 냈다.

"꾸이이이익!!"

"끄아아악!"

그리고 그 전류는 보기 좋게 아이언 와일드 보어에 적중했지만, 어찌 된 것인지 재현도 감전되었다.

감전과 함께 재현과 녀석이 누가 먼저라고 할 것도 없이 동시에 대지 위로 쓰러졌다. 썬더러가 재현에게 다가왔다.

"미, 미안해, 재현아. 괜찮아? 많이 다쳤어?"

"자, 잠깐. 콜록콜록!"

재현은 지금 말을 할 수 있는 상황이 아니었다. 얼마나 고통스러운지 몸이 움직여지지 않았다. 태어나서 처음 맛본 감전은 미지의 고통이었다.

일어나려고 했지만, 몸이 말을 듣지 않았다. 온몸을 관통한 그 전류가 몸의 신경을 잠시 마비시킨 것 같았다.

"언제쯤 움직일 수 있을까?"

"아마 최소 10분 정도는 지나야 간신히 움직일 수 있을 거야."

썬더러의 말에 재현이 한숨을 푹 내쉬었다. 10분 동안 이렇게 엎어져 있어야 했다.

"아이언 와일드 보어는?"

여기서 녀석이 일어나면 미처 대응하지 못할 수 있다. 썬더러는 잠깐만 기다려 달라고 하고는 녀석의 상태를 확인한다.

간단하게 숨이 쉬는지, 심장이 뛰는지 확인하고는 다시 날아와 알려 주었다.

"안심해, 죽었어. 숨도 안 쉬고, 심장도 안 뛰어."

"근데 난 왜 살아 있지?"

녀석이 죽을 정도로 강력한 전류면 자신도 죽는 게 정상이 아닌가 했다. 그 말을 들은 썬더러가 그 이유를 말해 주었다.

"재현은 나와 계약하면서 뇌 속성 친화력이 늘어서 그래. 운디네와 계약했을 때도 수 속성 친화력이 대폭 올랐잖아."

"아, 그렇구나."

재현은 이해했다는 듯 고개를 끄덕였다. 친화력이 올라가면 저항력도 같이 올라가 피해를 적게 받을 수 있다는 모양이다.

지금은 운디네와 많이 지내 수 속성 친화력이 높지만, 썬더러와 계약하면서 뇌 속성도 단숨에 올랐다. 그 덕분에 녀석보다 피해를 덜 입을 수 있던 것이다.

"그리고 재현은 신발도 신었고. 다행히 전류가 잘 안 통하는 재질로 만들어져 있었나 봐. 물기가 안 묻었으면 안 통했겠지만, 그래도 그게 크게 한몫한 것 같아."

그렇게 이해하고 있던 재현이 그것을 모두 제쳐 두고 한 가지 의문이 들었다.

분명 전류는 아이언 와일드 보어를 향했다. 그리고 그 공격은 정확히 녀석에게 꽂혔다. 하지만 어찌 된 것인지, 재현도 그 피해를 덩달아 입었다.

왜 이렇게 된 건가 생각하고 있을 때, 그의 눈에 들어온 것이 있었다.

'진흙?'

손은 진흙을 만지고 있지만 감각이 둔화되어 몰랐다. 고개가 살짝 움직여 주변 대지를 둘러보니 땅이 좀 젖어 있었다.

물로 인해 흥건해진 대지. 그리고 썬더러의 전류.

"아!"

그제야 재현이 모든 의문이 풀렸다. 물은 전기를 잘 통하게 하는 것을 이제야 떠올린 것이다.

땅이 젖어 있고, 흐르기까지 하고 있으니 당연히 자신도 그 전류에 노출되어 감전될 수밖에 없던 것이다. 그렇게 생각하고 있을 때, 재현의 머릿속에 퍼뜩 한 가지 생각이 떠올랐다.

'운디네가 역소환 됐는데 물기가 남아 있다면…….'

운디네와 썬더러를 동시에 소환하지 못한다 해도, 따로따로 싸운다고 해도 같이 연계하면서 싸우는 게 가능했다.

운디네는 물의 정령이다. 운디네가 모은 수분을 대지에 잔뜩 뿌려 놓고, 썬더러로 바꾼다.

그리고 전격 공격을 하면 아무리 날쌘 몬스터라도 발바닥을 땅에 붙이고 있는 이상 감전을 당할 수밖에 없다.

아이언 와일드 보어는 온몸이 젖은 상태였으니 피할 곳도 없어 정통으로 전류를 맞고 쓰러졌다.

재현도 신발과 옷에 물기가 묻어 전류에 노출되긴 했지만, 어느 정도의 피해는 감소해 주었다.

"하하. 내가 이걸 왜 진즉에 생각하지 못했지? 운디네가 공격한 물들은 역소환해도 마찬가지로 남는 건 진즉에 알고 있었는데. 난 정말 바보인가?"

초등학생들도 아는 것이 전기는 물에 아주 잘 통한다는 것이다.

그건 이미 생각해 본 것이지만, 운디네와 썬더러를 같이 소환할 수 없어 연계 공격을 하지 못한다 생각해 버린 재현이었다.

운디네로 먼저 주변을 물바다로 만들고, 썬더러로 바꿔 소환해 전류를 흐르게 만들면 충분히 연계 공격이 가능하다.

굳이 둘 다 소환하지 않아도 된다는 소리다. 이 얼마나 훌륭한 연계 플레이란 말인가!

둘 다 소환하지 않아도 언제든 연계 플레이를 할 수 있다는 것을 알아내고 대지 위에 엎어져 있는 상태로 즐거워하고 있을 때였다.

그의 손등에서 빛이 일기 시작했다.

운디네와 썬더러와 계약을 맺었을 때 만들어진 증표가 동시에 빛을 발하다가 잠잠해졌다.

갑작스러운 현상에 재현이 얼떨떨한 표정을 지었다.

"뭐야? 이건?"

"이건……."

썬더러가 방금 전의 현상을 보고 놀라운 표정을 짓다가 갑자기 환하게 웃으며 기뻐했다.

"축하해, 재현아. 드디어 한 단계 성장했어!"

썬더러가 양팔을 벌리며 그의 뺨에 매달려 볼을 부비적거렸다.

재현은 전류 때문에 아직도 몸이 말을 듣지 않아 움직이지 못하는 상태에서 물었다.

"응? 무슨 소리야, 그게?"

갑작스럽게 한 단계 성장했다고 해도 무슨 소리인지 잘 모르는 재현이다.

"최하급에서 하급 정령사가 됐다고. 지금껏 깨달음이 부족해서 성장하지 못했는데, 이제야 깨달음을 얻어 성장하게 된 거야! 좀 더 강해진 거라고."

"확실히 힘이 방금 전보다 샘솟고 있는 것 같기도 한데."

스스로 느껴지기에 확 와 닿았다. 방금 전과 지금의 자신과 비교하면 느끼는 게 달랐기 때문이다.

* * *

재현은 한 단계 성장했다는 것을 전해 듣고 시험 삼아

운디네도 소환했다. 결과는 두 정령이 그대로 현계에 머물렀다.

계단을 하나 올라가니 두 정령을 소환할 수 있다니.

이제 깨달음이 필요 없어졌다.

그래도 그 덕분에 한 단계 성장해서 운디네와 썬더러를 굳이 따로따로 소환하지 않아도 되니 편했다.

하지만 그건 그거였다.

재현은 아이언 와일드 보어를 트럭까지 옮기는 데까지 엄청난 시간과 힘을 할애해야 했다.

이미 부상도 입어 오늘은 더 이상 사냥할 수 없다고 판단하고 하산한 것이다.

하산하면서 옮기는 데도 꽤 걸렸지만, 도중에 버려져 있던 수레를 발견했다.

그 덕분에 수레에 태우고 어찌어찌 무사히 내려올 수 있었다.

"몸이 아직도 떨리네."

감전의 후유증일까. 몸이 떨리고, 뻑적지근했다. 치료수와 포션을 마셔 옆구리의 통증은 사라졌지만, 감전 후유증은 별개였던 모양이다.

[미안해, 재현아.]

참고로 썬더러는 지금 다시 정령계로 돌아간 상태다.

정령력을 심하게 써서 정령계로 돌려보낸 것이다.

썬더러는 재현이 한 단계 성장했을 때는 기뻐했지만, 일이 마무리되고 그가 후유증에 시달리자 미안하다는 말을 연신 해 댄다.

재현은 착용하고 있던 장갑을 벗고 차에 챙겨 두었던 수건을 꺼내 땀을 닦으며 대답한다.

'난 괜찮으니까 사과하지 않아도 된다고 했잖아. 내가 화 안 난 거 알고 있잖아.'

[내가 미안한걸.]

썬더러의 기가 죽은 듯한 목소리의 텔레파시가 전해져 왔다. 재현은 머리를 긁적였다. 착한 정령들은 이래서 미워할 수가 없었다.

자신은 썬더러를 탓하지 않는데, 그래도 미안해서 막 사과하는 걸 보면 말이다.

'네 잘못이 아니잖아. 날 구해 주려도 일어난 사고였으니까. 내가 너에게 감사 인사를 하는 게 더 옳은 거야. 고마워, 썬더러.'

[아, 아냐. 난 감사 인사를 받을 만한…….]

'일을 하지 않았어.'란 말을 미처 다하기 전에 재현이 중간에 끼어들었다.

'했어. 충분히 했어. 만약 네가 그때 나오지 않았다면

살아 있었다 해도 크게 다쳐서 곧장 병원에 실려갔을 거야. 주차장 끝에 보이는 저 앰뷸런스에 말이지.'

그의 시선이 언뜻 앰뷸런스에 닿는다. 앰뷸런스는 부상자들을 신속히 이송할 수 있도록 주차장에 꽤 많이 대기하고 있었다.

실제로 지금도 어떤 헌터가 부상을 입고 들것에 실려 앰뷸런스에 태워지고 있었다. 자신도 오늘 저렇게 안 되리란 보장은 없던 것이다.

'너무 그렇게 사과하지 마. 의도한 것도 아니고, 결과만 보자면 다 잘 됐잖아.'

[그래도…….]

'난 지금 네게 엄청 고마워하고 있어. 그런데 계속 네가 사과하면 내가 곤란하잖아. 내가 곤란해지는 걸 바라는 거야, 썬더러는?'

[그럴 리가 없잖아!]

힘찬 부정에 재현의 입가에 미소가 그려졌다. 살짝 놀리고 싶어졌지만 이 분위기에서 하면 썬더러가 삐칠 것 같아 욕구를 꾹 누른다.

'그러니까 날 생각해서라도 더 이상 미안하다고 하지 마. 네가 크게 잘못한 거면 내가 꾸짖을 거야. 반대로 내가 잘못하면 네가 날 꾸짖어. 그리고 서로 사과하고 깨끗

하게 화해하는 거야. 그게 친구니까.'

재현의 말에 잠시간 아무 말도 없던 썬더러였지만, 곧 알겠다는 작게 속삭이는 듯한 텔레파시가 왔다.

머릿속에서부터 들리기 때문에 아무리 작아도 재현은 그 말을 들을 수 있었다.

"음, 그렇다 하더라도 오늘 일로 한 가지 알게 됐지만, 반대로 그 물에 대비해야 하는 과제가 남았군."

운디네를 다루다 보면 자연스럽게 물이 묻기 때문에 그에 대한 방비도 해야 했다.

재현은 그 문제는 집에 돌아가서 차차 생각하기로 했다.

떠오르지 않을 때는 일단 집에서 푹 쉬는 게 최고였다.

Chapter 07
헌터 길드

"전투화라니! 예비군 갈 때나 신는 전투화를 사냥하러 갈 때 신다니!!"

어지간해서는 물도 안 들어가는 전투화!

현역 군인들이 언제나 착용하고, 깔창 없이는 딱딱해 발이 아프고, 뒤꿈치에 마찰을 가해 뒤꿈치가 까지기로 유명한 그 전투화!

물집 메이커! 무좀 메이커! 밀리터리 워커!

서러운 별명이 많기로 유명한 그 전투화가 전류가 안 통할 그의 비장의 장비로 선택된 것이다.

이것 말고는 딱히 자신도 전류를 방어할 방법이 없었

다. 그가 가지고 있는 신발 중 전투화처럼 방수성 좋은 신발은 없었기 때문이다.

고무장화가 아닌 이상 시중에 파는 신발들은 속에 물이 들어온다. 하지만 전투화는 전혀 아니다.

튼튼하고, 질기고, 조금의 틈도 없어, 끈을 묶는 곳까지 물이 들어차지 않는 이상 스며들지도 않는다.

끈만 잘 묶어도 어지간해서는 물이 들어오지도 않는다.

지금 당장 그가 있는 것으로 전투화만 한 것이 없었다.

재현은 이걸 굳이 신어야 하나 말아야 하나 고민하기 시작했다.

"에이, 모르겠다. 내가 언제 패션에 신경 썼다고."

물론 패션이 아니라 착용감도 뒤떨어지긴 했지만, 이 정도면 확실히 감전에는 안심이다.

재현은 집에서 3일간 머물렀다가 다시 설악산으로 향했다. 이번에는 야영할 생각이 아니었다.

설악산에는 현재 조사된 것보다 많은 수의 몬스터들이 나타났다는 모양이다.

이걸 얼른 소탕해야 하는데, 지금은 민가에 내려오지 못하게 하는 것만으로도 버거운 모양이었다.

워낙 몬스터들의 수가 많으니 안전지대도 확보되지 않은 시점에서 야영을 하는 것은 매우 위험한 일이다.

무엇보다 재현은 설악산 외곽 쪽만 돌면서 몬스터를 소탕하고 있다. 그것만 해도 벅찬데 더 깊숙이 들어갈 자신은 없다.

'힘이 어느 정도 강해졌다고는 해도 말야…….'

정령력이 증가한 것은 알 수 있지만, 과연 아이언 와일드 보어를 이길 수 있을까?

이제 운디네와 썬더러를 동시에 소환할 수 있어 더 쉽게 잡을 수 있겠지만 불안한 것은 사실이다. 그렇다고 가만히 있을 수 없는 노릇이다.

재현은 이번에도 아이언 와일드 보어를 잡기로 결심한 상태다.

자신의 힘이 얼마나 상승했을지 판단하는 겸 돈을 빨리 벌기 위해서다.

팔았을 때 한 마리에 삼백만 원이라는 고가를 자랑하는 녀석이란 것도 컸다.

'무엇보다 녀석이 어떤 타이밍에 공격을 하는지 알게 됐잖아. 그럼 문제가 없어.'

아이언 와일드 보어의 특징이라면 공격 전 앞발을 구른다는 것.

공격만 조심하면 되기 때문에 별문제는 없다.

이를 위해 그간 이미지 트레이닝도 꽤 많이 하지 않았

던가!

여기서 망설이는 건 재현의 자존심이 용납하지 못한다!

"자, 가 볼까?"

재현이 썬더러와 운디네를 동시에 소환한다. 둘을 소환한 상태로 반나절 이상은 소환할 수 있으니 별로 부담도 없었다.

썬더러와 운디네는 재현의 양어깨에 올라탔다. 그러다 문득 어디선가 시선이 느껴지기에 뒤를 돌아보았다. 뒤에는 별 특별한 시선이 없었다.

주차장에는 이번에 설악산의 몬스터들을 소탕하기 위해 모인 인파로 북적이고 있었다.

"왜 그래?"

운디네의 물음에 재현이 머리를 긁적였다.

"아니, 누가 날 쳐다보는 것 같아서."

"사람이 많으니까 그럴 수도 있지."

"그렇긴 한데, 잠깐 바라보는 게 아니고, 쭉 주시하는 느낌이라고 할까?"

이 많은 사람들 중에 찾을 수도 없는 노릇이고, 재현은 그냥 기분 탓이겠지 생각하며 다시 계단을 밟고 산을 올라간다.

"드디어 찾았다."

한편 재현이 정령을 소환했을 때부터 쭉 주시했던 인물이 선글라스를 고쳐 쓴다. 입에서 뿜어져 나오는 담배 연기는 허공에서 안개처럼 흩어졌다.

그는 재현이 나무에 가려 안 보일 때까지 쭉 주시했다.

누가 봐도 별로 특이한 점이 없는 정령사였다. 하지만 그는 재현의 뒷모습을 보며 씩 미소를 그렸다.

자신이 그토록 찾던 인물의 행적을 드디어 발견한 것이다.

선글라스를 쓴 남성의 이름은 장재균이란 이름을 가진 중급 헌터다.

그는 조수석에 창문을 두드렸다.

"야, 얼른 일어나. 드디어 발견했다. 서둘러 올라갈 준비해."

조수석에서 졸고 있던 여자를 깨우자, 그녀는 아직 잠이 다 가시지 않은 눈을 손으로 비볐다.

여성의 이름은 강미경.

낮게 쳐주면 중학생, 높게 쳐 주면 고등학생으로 보이는 그녀는 올해 스물세 살이다.

거기다 그녀도 마찬가지로 중급 헌터다. 헌터계에서 누구나 인정해 주는 실력자라는 소리였다.

미경은 창문을 내리다가 인상을 찌푸렸다.

"아우, 일어나자마자 담배 냄새 맡았어."

"그래, 내가 미안하다. 그러니 얼른 일어나라."

그는 입에 물고 있던 담배를 바닥에 버리고는 발로 밟아 불씨를 껐다.

그녀는 잠시 옆에 놔뒀던 자신의 장비를 착용하고 차에서 내렸다. 그리고 남성에게 손을 내밀었다.

그 제스처를 보고 뭘 의도하는 거냐는 듯 바라보다가 알아챘는지 한숨을 내쉰다.

그는 주머니에서 지갑을 꺼내 오만 원짜리 지폐 두 장을 꺼내 미경의 손에 내려놓았다.

"쯧. 그걸 기억하고 있었냐?"

"내가 말했지? 금연이 오래가 봤자 일주일도 안 간다고. 오늘 정확히 4일째였는데. 그래도 작심삼일은 면했네. 이건 칭찬해 줄게."

"그래, 고맙다."

전혀 칭찬하는 게 아니라 비꼬는 말투가 분명하지만, 그는 익숙하다는 듯 빨리 준비하라고만 말하고 기다렸다.

그녀는 기지개를 켜며 그의 옆에 섰다. 모든 장비를 갖췄고, 출발 준비도 완료됐다.

재균이 그녀에게 묻는다.

"그럼 가 볼까?"

"응."

그들은 재현이 향한 곳으로 발걸음을 옮겼다.

*　　*　　*

아이언 와일드 보어는 진흙이 있는 곳을 좋아한다. 멧돼지들은 진흙으로 몸을 씻으며 털 안에 있는 이와 벌레들을 쫓아낸다.

가려움이 사라지고, 청결을 위한 습성인 것이다. 그리고 아이언 와일드 보어도 같은 습성을 가지고 있다.

그 덕분에 녀석은 흔적을 여기저기에 남기기 일쑤였다.

재현은 땅과 나뭇가지들을 주시하며 녀석의 이동 방향을 따라 이동했다.

진흙이 여기저기에 묻어 있어 녀석을 추적하는 건 그리 어렵지 않았다.

어느 정도 이동하고 진흙을 만져보았다.

손에 흙먼지와 함께 물기가 묻어 나왔다. 진흙은 아직 다 마르지 않은 상태였다. 그 말은 아직 멀리 가지 못했다는 소리였다.

몬스터 추적 기능을 켜고 있지만 반응하지 않는 걸 보면 최소 30미터 이상 떨어져 있다는 소리다.

재현은 거리가 가까워질수록 발걸음을 빨리했다. 녀석의 흔적이 사라지기 전에 얼른 찾아내 잡을 생각인 것이다.

이동하면 이동할수록 녀석의 몸에 달라붙은 진흙이 사라질 테니 빨리 찾지 않으면 추적이 어려워진다.

그는 서둘러 이동하다가 추적 기능에서 반응이 오자 반응이 있는 곳으로 곧장 달려갔다.

그리고 얼마 달리지 않아 녀석이 산 위로 이동하는 걸 볼 수 있었다.

"찾았다."

산을 탄 지 두 시간 만이었다. 그토록 찾아 헤매던 녀석을 발견하니 이리 반가울 수 없었다.

재현은 챙겨왔던 물통을 꺼내 처음부터 수분을 일정량 확보했다.

전투할 때 떨어질 것을 대비한 비상시 물통도 함께 있다.

저번 전투로 예기치 못한 상황에 대비해야 한다는 걸 깨닫고 비상시 사용할 물도 같이 챙겨 온 것이다.

"운디네, 아쿠아 스피어!"

아직 눈치채지 못한 녀석에게 기습 공격을 가했다. 물의 창은 녀석의 옆구리를 정확히 맞췄다.

녀석의 약점은 바로 연한 가죽이다.

안쪽에 있는 살이 가장 연하지만, 공격할 때 맞추기는 어렵다.

그래서 충분히 공격할 수 있는 곳 중 가장 연한 부위인 옆구리를 노린 것이다.

해부를 해 본 결과 녀석의 옆구리가 폐와 가장 가깝기 때문에 기습 공격을 당하면 큰 고통을 안겨주리란 계산도 있었다.

그 계산이 정확했는지, 녀석이 꿔익! 소리와 함께 기침 소리 비슷한 걸 낸다. 첫 공격이 꽤 아팠으니 반절은 성공한 셈이다.

하지만 이 기회를 버릴 재현이 아니었다. 녀석이 무방비 상태에서 공격당해 가장 고통스러워하고 있을 때가 몰아칠 타이밍이다.

"아쿠아 애로우!"

여러 발의 물의 화살이 녀석의 몸을 가격하고, 그 고통에 녀석이 몸부림쳤다.

계속 공격을 당해 흥분했는지, 녀석이 뜨거운 숨을 가쁘게 내쉬었다.

녀석이 앞발을 구르고 있을 때, 재현은 녀석이 앞으로 나갈 타이밍에 맞춰 소리친다.

"아쿠아 쉴드!"

녀석이 힘차게 도약하는 것과 동시에 아쿠아 쉴드가 녀석의 앞에 생성되었다.

원래 돌진기는 앞으로 나아가면서 점점 속도가 붙어 위력이 증가한다.

하지만 출발과 동시에 앞에서 막히면 큰 힘을 발휘하지 못한다.

그렇게 파악한 재현이 타이밍에 맞춰 쉴드를 사용하니 보기 좋게 맞아떨어졌다.

아쿠아 쉴드도 단번에 깨뜨리던 녀석의 돌진이 본 힘을 발휘하지 못한 것이다.

애꿎은 머리만 부딪친 꼴이 된 녀석은 더욱 흥분한 상태다.

공격을 하려고 해도, 하지 못하게 하니 열 받는 것이 당연할 것이다. 재현은 무섭지도 않다는 듯 소리친다.

"수중감옥!"

녀석의 몸이 수중감옥에 갇혔다. 녀석의 움직임이 둔화되었다. 허나 아니나 다를까.

녀석은 몸을 거칠게 움직이며 몸에 힘을 주기 시작했다. 수중감옥이 얼마 버티지 못한다는 걸 알고 있는 재현은 썬더러를 나서게 했다.

"썬더러, 라이트닝!"

썬더러의 손에서 빛이 번쩍하며 녀석을 향해 나아갔다. 수중감옥에 갇혀 있는 녀석은 라이트닝에 맞고 괴성을 지르기 시작했다.

그냥 맞아도 짜릿한 라이트닝이 물에 의해 몸 곳곳으로 전류가 흐르니 더욱 괴로울 것이다.

하지만 재현의 공격은 여기서 끝난 것이 아니었다.

"라이트닝 차지!"

전기가 더욱 거세진다. 썬더러는 전기를 끌어 모아 힘을 강화시킨 후, 녀석을 향해 날렸다.

아직 녀석은 수중감옥에 갇혀 있는 상태였다. 빠져나오고 싶어도 전류로 인해 몸이 말을 듣지 않아 빠져나오지 못하고 있는 것이다.

"꾸익! 꾸이이익!"

다시 2차 피해를 입는 아이언 와일드 보어. 녀석의 몸이 기괴하게 떨리고 있었다.

수중감옥에도 충격이 들어가서 그런지 잠시 후, 수중감옥도 파괴되며 물이 사방으로 퍼졌다.

상당한 데미지가 들어갔을 것이 분명하다. 그럼에도 아직 녀석은 살아 있었고, 그 와중에도 재현을 무섭도록 째려보고 있었다.

그리고 부들부들거리며 다시 일어나고 있었다.

"생명력이 정말 질기네."

인간이었으면 벌써 감전사했을 충격이다.

전기 충격은 맷집과 전혀 상관이 없어 데미지도 온전히 들어갔을 것이다.

그런데도 움직일 수 있다는 건 대단하다 할 만한 것이었다.

무엇보다 일어서고 있다는 건 아이언 와일드 보어가 얼마나 튼튼한 몬스터인지 입증하는 것이나 다름이 없었다.

녀석은 천천히 앞발을 구르고 있었다. 전기 충격으로 서 있는 것도 고작인 녀석이 공격 의지가 있다는 게 더 놀랍다.

"하지만 그것도 얼마 가지 않을 테지?"

재현은 손가락을 녀석의 바닥을 향했다.

"라이트닝 볼!"

5초간 허공에 머물며 지속적으로 강력한 데미지를 주는 라이트닝 볼을 사용했다.

평소보다 약한 위력의 라이트닝 볼을 젖어 있는 대지에 사용하자, 녀석을 향해 전류가 이동했다.

녀석은 이제 소리를 지를 힘도 없는지 고통에 몸부림치다가 결국 쓰러지고 말았다.

재현은 조심스럽게 녀석의 몸을 찔렀다. 녀석은 숨만 몰아쉴 뿐이었다. 아무런 반응도 하지 않았다.

"기절했군."

아직도 숨을 쉰다는 것 자체가 대단하다고 생각했다. 이런 녀석이 D급 몬스터라니. 자신이 보기에는 C급 몬스터라고 해도 될 정도였다. 물론 녀석이 D급 몬스터가 된 것에는 다 이유가 있었다.

아이언 와일드 보어는 물리 방어에서는 뛰어나지만, 마법 방어에는 매우 취약하다는 게 그 이유였다.

모든 공격이 다 통하기 때문에 중급 헌터가 잡을 수 있는 C급이 되지 못한 비운의 몬스터였다.

만일 녀석이 마법 방어에 내성이 조금이라도 있었으면 중급 헌터들도 애를 먹는 몬스터가 되었을 것이다.

"운디네."

"응, 알았어."

운디네는 말하지 않아도 다 안다는 듯 바로 움직였다. 운디네는 녀석의 코를 물로 봉인했다. 이대로 익사시킬 생각이었다.

엄청난 고압 전류 때문에 털 곳곳이 타고 화상을 입었지만, 거의 제값에 팔 수 있을 것 같았다.

처음으로 운디네와 썬더러를 동시에 운용하며 전투를

치렀다.

처음치고 정말 잘했다고 스스로 생각했다.

한 단계 성장하며 소환시간도 길어지고, 운디네와 썬더러의 힘이 전보다 더 강해졌다. 거기다 몬스터를 잡는 속도도 월등히 빨라졌다.

모든 면에서 재현은 만족한 것이다. 다만 지금 당장 생각해야 될 것이 하나 있었다.

"근데 또 이 녀석을 어떻게 옮기지?"

이제 다시 이 녀석을 옮길 걱정만 하면 됐다.

*　*　*

그 시간, 재균과 미경은 계속해서 산으로 올라가고 있었다.

"그 녀석 정말 빠르네."

"뭐야, 설마 여기서 싸우고 또 이동한 거야?"

미경이 숨을 몰아쉬며 주위를 둘러본다. 재균은 흐르는 땀방울을 닦아 냈다.

미경은 불만을 토로하며 바위에 걸터앉았다. 그러면서 쉴 새 없이 불만을 중얼거렸다. 그는 그 혼잣말에 신경쓰지도 않고 있었다.

이미 미경과 파티를 이루며 같이 동행한 지 꽤 오래됐기 때문에 이런 것에는 익숙했다.

올라가다가 흔적을 놓친 것도 있었지만, 미경이 뒤처져서 올라오는 시간도 꽤 지체되었다.

그래도 다행이라면 재현이 산 정상을 향해 올라간 것이 아니라는 것이다.

흔적을 보니 덩치가 꽤 큰 녀석과 싸웠다.

발자국이 찍혀 있는 것을 보니 아이언 와일드 보어와 싸운 것으로 추정되었다.

그리고 내려가는 발자국은 더 깊고 선명하게 찍혀 있었다.

그 얘기는 재현이 그 무거운 녀석을 짊어지고 내려갔다는 소리였다.

재균은 지도를 꺼내 위치를 확인하고, 재현이 내려간 방향을 추정해 보다가 그가 이동한 곳을 파악할 수 있었다.

"아무래도 하산한 거 같아. 올라왔을 때와는 다르게 등산로를 따라 이동한 모양이야. 발자국이 그쪽으로 향하고 있어."

그 말을 듣고 미경이 인상을 찌푸리며 머리를 벅벅 긁었다.

"아, 뭐야. 기껏 여기까지 올라왔는데, 내려갔다니. 이건 너무하잖아!"

"……."

이게 다 누구 때문이냐는 듯 바라보는 재균이었다.

선글라스에 가려져 그의 눈을 보지 못하는 미경이지만 그래도 눈치는 있는 모양이다. 그녀는 고개를 옆으로 돌리며 그의 시선을 피했다.

재균은 그녀를 바라보던 시선을 돌리고 턱에 손을 괴며 중얼거렸다.

"하산했다는 건 오늘 사냥은 이걸로 끝이라는 건가? 하긴, 아이언 와일드 보어는 초급 헌터가 상대하기는 벅찬 녀석이니까. 이걸로도 충분하겠지? 근데 듣기로는 돈에 욕심이 좀 많은 사람이라고 들었는데."

그렇게 혼자 중얼거리는 그를 보며 미경이 물었다.

"그냥 가서 말하면 안 돼? 만나서 말하면 되는 거잖아."

재균은 고개를 좌우로 저었다.

"그 녀석이 맞는 것 같은데 어디까지나 그냥 추측이니까. 아직 확실한 건 아니잖아? 일단 두 눈으로 확인해 봐야 확실하지."

"넌 그 성격 때문에 문제야. 대충 찍어 보고 아니면 다른 사람을 찾아보면 되는 거잖아."

재균이 한숨을 내쉬며 고개를 좌우로 저었다.

미경이 왜 한숨을 내쉬냐며 화를 냈지만, 한 귀로 흘려들을 뿐이다.

여기서 말다툼을 하면 끝도 없다는 걸 그간의 경험을 통해 알았기 때문이다.

"일단 정보에 의하면 그 사람은 돈을 아주 좋아한다는 모양이야. 내 예상인데, 그 녀석이 여기로 다시 돌아올지도 몰라. 그러니까 우리 계획은 그 녀석이 다시 올라올 때까지 대기하자."

그냥 무작정 기다리자는 말이다. 지금 상황에서 딱히 방법은 없기에 그 계획 같지도 않은 계획을 실행할 수밖에 없었다.

"다시 안 돌아오면?"

만약 이대로 하산한다면 그건 그거대로 곤란한 일이다. 하지만 재균은 대수롭지 않다는 듯 어깨를 으쓱였다.

"다섯 시간 정도 기다렸다가 우리도 하산하지 뭐."

"그게 무슨 계획이야!"

"이런 경우는 거의 없으니까 나도 어떻게 할 수 없잖아. 그럼 다시 내려갔다가 그 녀석을 마주치면 다시 올라오고 싶어?"

"……."

다시 올라오는 것이 죽어도 싫었는지 미경이 입을 꾹 닫았다.

그럴 바에 차라리 여기서 기다렸다가 안 오면 내려가는 길 택하자고 생각하고 있을 것이다.

"근데 이곳에서 무작정 기다리는 거야? 우리가 온 곳으로 다시 오리란 법도 없잖아."

"응. 그러니까 이럴 때 쓰라고 있는 게 너의 능력이잖아. 잘 부탁해."

그녀의 능력 중 하나는 유체이탈이다. 미경은 보기 드물게 능력을 두 가지나 가지고 있는 초능력자인 것이다.

나머지 하나는 자신과 접촉한 물건을 들어 올릴 수 있는 능력인 텔레키네시스다.

유체이탈은 몸에서 영혼이 빠져나가 주위를 둘러볼 수 있는 능력이다.

둘러볼 수 있는 범위는 한정되어 있지만, 영혼의 조각을 여기저기로 흩어 놓으면 여러 시선으로 모든 걸 볼 수 있다.

능력을 사용할 때는 말하거나 듣는 건 할 수 있지만, 몸을 움직일 수 없다는 게 가장 큰 단점이다.

그래서 옆에서 믿을 수 있는 동료가 지켜 줘야 한다.

후우, 하고 한숨을 내쉬는 미경이었다. 그녀는 오늘따라 유독 한숨이 많이 나온다고 생각했다.

"도대체 어떻게 된 게 사람이 남의 능력만 그리 믿는 건지. 녀석이 다시 올 거란 확신도 없으면서."

"내 감을 믿어. 분명 올 거야."

"너의 감은 맞은 적이 거의 없잖아."

"그냥 오늘은 좀 감이 좋으니까 날 믿어. 걱정 마."

"……."

미경은 한숨을 내쉬며 다 포기했다는 듯 두 손을 들었다.

*　　*　　*

재현은 온몸이 땀범벅이 된 채로 트럭에 아이언 와일드 보어를 태웠다.

100킬로그램이 넘는 녀석을 어깨에 들춰 업고 산을 내려오는 건 엄청나게 고된 노동이었다.

그는 아이언 와일드 보어를 트럭에 태운 뒤, 바로 헌터 거래소로 가서 팔아 버렸다. 돈은 삼백만 원이 조금 넘게 책정되었다.

나쁘지 않은 가격에 팔았다고 생각했다.

돈이 금방금방 벌리니 날아갈 것 같은 기분이다. 재현의 기뻐하고 있는 감정이 운디네와 썬더러에게도 전해졌는지 같이 기뻐해 주었다.

이런 식으로 아이언 와일드 보어를 사냥하면 금방 돈을 벌 수 있을 것 같았다.

무엇보다 이번 설악산 몬스터 퇴치 의뢰는 등급이 같아도 몬스터의 종류에 따라 가격이 다르게 책정된다는 모양이다.

D급 몬스터 중 아이언 와일드 보어는 가장 비싼 값을 하는 녀석이라고 한다.

녀석을 팔아 돈도 벌고, 소탕해서 나중에 따로 돈도 나오고. 일석이조였다. 재현에게 있어 이 절호의 기회를 놓칠 리 없었다.

재현은 아이언 와일드 보어를 팔고서 바로 산을 올라갔다. 벌써 옷은 땀범벅이지만, 아직 힘이 남아돌았다.

산 위로 트럭을 타고 이동할 수 없다는 게 아쉬웠다. 하지만 이럴 줄 알고 재현은 큰 가방을 가져왔다.

아이언 와일드 보어를 통째로 넣을 공간은 되지 않지만, 다른 몬스터들을 만났을 때 여러 마리 넣을 공간은 충분히 된다.

이번에는 다른 몬스터를 사냥할 생각으로 올라가고 있

었는데, 운디네와 썬더러가 갑자기 뒤를 돌아본다. 운디네는 그의 어깨를 툭툭 쳤다.

"운디네, 왜 그래?"

"누가 미행하고 있는 것 같아."

"미행?"

주변에 몬스터의 반응이 있는지 확인해 봤지만, 몬스터의 반응은 전혀 나타나지 않았다.

재현이 뒤를 돌아보았지만, 역시 아무도 없었다.

"아무도 없는데?"

"나도 못 봤어. 하지만 기척이 계속 나타났다가 사라져."

썬더러를 바라보니 마찬가지였는지 고개를 끄덕이고 있었다.

재현은 머리를 긁적였다. 몬스터의 반응도 없고, 뒤에는 아무도 없다.

운디네와 썬더러는 계속 뭔가가 뒤를 쫓고 있다는 느낌이 드는데 아무도 없어 더욱 경계를 하고 있었다.

"최근 너희들이 예민해져서 그런 거 아냐?"

"그런가? 딱히 예민했던 적은 없지만……."

기분 탓이라고 하기에는 조금 찜찜한 감이 없잖아 있었다.

그래도 누가 보이지도 않으니 일단 신경을 끄기로 한 모양이다.

"그래도 조심해, 재현아. 이러다가 암살자가 올 수도 있잖아."

운디네의 말에 하하 웃는 재현이었다.

"암살자라. 킬러 말이지? 그럴 일 없으니까 안심해. 시대가 어느 때인데."

세상이 어느 때인데 암살자가 온단 말인가. 물론 아주 없는 건 아니다. 하지만 최소한 재현은 암살자가 올 정도로 거물이 아니다.

절대 새어 나가서는 안 될 대화를 들은 적도 없었고, 국가적인 테러를 일으킨 적도 없다. 그는 대한민국의 평범한 사람 중 하나일 뿐이다.

운디네와 썬더러가 계약했던 사람들은 최소 몇백 년 전에 계약했고 정치와 전쟁의 소용돌이 속에서 있던 사람들이다.

지금은 몬스터와 싸우는 것이 현실이다. 더욱이 몬스터들이 암살자를 보낼 일도 없다.

"너무 예민해져서 그래. 내가 너무 눈치 없이 막 사냥만 했지'?"

"아, 아냐. 그런 거."

재현은 다른 헌터들과 다르게 주 5회 이상 사냥을 한다. 다른 헌터들이 사냥을 많이 해 봐야 주 3회인 것에 비하면 꽤 많은 것이다.

한 달 이상 쉬지 않고 야영하면서 사냥에 올인했던 적도 있으니 사냥한 시간만 따져도 어마어마하다.

정령들도 생명체이기 때문이다. 재현은 사냥을 좀 자제하기로 했다.

'내가 싫어할까 봐 일부러 말을 안 했을 수도 있으니까.'

운디네와 썬더러의 성격이라면 충분히 그럴 가능성이 있다. 재현은 자신이 돈에 눈이 멀어 상냥하고, 착한 정령들을 너무 굴렸구나 생각하며 스스로 반성한다.

"……."

"……."

운디네와 썬더러는 스스로 수긍하는 그를 바라보며 서로 눈빛을 교환한다.

혹시 재현이 자신들이 힘들다는 걸 돌려 말한 거라고 착각하고 있는 게 아닐까란 생각을 했다.

운디네와 썬더러는 이걸 어떻게 말해야 할지 감을 못 잡았다.

"내가 너무 눈치가 없었지? 오늘 사냥을 끝내면 내일

은 놀자."

"……."

재현은 스스로 그리 생각하고는 다시 산에 올랐다. 산에 안 올라왔으면 상관없겠지만, 기왕 올라온 거 오늘 치는 하기로 한 것이다.

결국 그들은 싱숭생숭한 마음으로 다시 산으로 올라갔다.

여전히 정체불명의 기척이 나타났다가 사라졌다 하고 있지만 위해를 가할 생각이 없는 것 같으니 일단 지켜보기로 했다.

"오, 몬스터 반응이다. 아무래도 무리를 이루고 있는 몬스터인 모양인데? 여러 마리가 뭉쳐 있어."

마침 킵보이에서 몬스터 반응이 나타났다. 재현은 몬스터가 뭉쳐 있는 방향으로 향했다. 무슨 몬스터인지 모른다.

초급 헌터들이 무리 없이 사냥할 수 있는 곳이니 무리를 이루고 있다는 건 최소한 아이언 와일드 보어보다 약한 몬스터란 소리다.

* * *

"발견했어!"

미경의 말에 조금 떨어진 곳에서 담배를 태우고 있던 재균이 벌떡 일어났다.

그의 옆에는 대 놓고 금연 지역이라는 표지판이 걸려 있었지만, 아랑곳하지 않고 흡연을 마쳤다.

"어디야?"

미경이 손을 번쩍 들었다. 그러고는 눈을 감은 채 더욱 집중한다. 이럴 때 말을 걸면 안 된다는 걸 알고 있는 재균은 잠자코 지켜보았다. 잠시 후, 그녀가 번쩍 눈을 떴다.

"여기서 10분 정도 내려가면 돼. 뛰어간다면 5분도 안 걸리겠지."

"가깝군. 거기다 내리막길이란 말이지?"

올라가는 건 힘들어도, 내려가는 것이라면 별로 힘들지 않다.

미경도 다시 올라가지 않아도 된다는 안도감에 한숨을 내쉬며 곧장 재현을 발견한 지점으로 앞장섰다.

*　　*　　*

"홉 고블린과 다르게 그냥 고블린들은 좀 약하네."

재현의 킵보이에서 반응했던 몬스터들은 고블린이었다. 홉 고블린과 그냥 고블린의 차이라면 무장의 상태와 피부색이다.

홉 고블린은 쇳덩이로 된 손도끼나 칼 같은 무기를 들었지만, 고블린은 돌도끼와 독침을 사용했기 때문이다.

독침을 막는 것은 어렵지 않았다.

썬더러가 전기를 계속 흘리니 방향이 크게 어긋나 빗나갔기 때문이다.

전기를 흘리면 자석처럼 쇠도 붙는다.

그것을 이용하니 독침은 별로 신경 쓰지 않고 사냥할 수 있었다.

"아마 홉 고블린을 상대할 때 저번보다 훨씬 쉬울 거야."

"그렇겠지? 저번보다 훨씬 강해졌으니까."

수습 헌터 때, 초급 헌터가 되기 위해서 잡았던 홉 고블린.

그 당시보다 재현은 많이 강해졌다. 매직 아이템들을 미착용해도 그 힘의 차이는 명확할 것이다.

그때처럼 똑같이 운디네만으로 홉 고블린들을 사냥해도 절대 지지 않을 거란 것이 그의 생각이었다. 그만큼 재현이 스스로 많이 성장했다는 증거였다.

"너무 압도적으로 사냥해서 기쁘다거나 성취감 같은 게 전혀 없네."

전투를 하면서 이토록 성취감 없이 끝난 적이 있나 싶었다.

독침까지 쓰는 녀석들이라 긴장까지 했는데, 막상 싸워 보니 다 방비할 수 있었다. 위협도 느껴 보지 못하니 사냥하는 기분도 안 들었다.

"고블린이 세 마리. 딱 가방에 들어갈 만한 양이군."

재현은 사냥한 고블린들을 통째로 가방 안에 넣었다.

녀석들에게는 상처도 없기 때문에 가방 안이 피로 더러워질 일도 없었다. 그래도 혹시 몰라 내부는 비닐로 감싼 상태다.

트럭을 사기 전 가방을 메고 다니며 헌터 거래소까지 걸어갔던 시절 익힌 그의 노하우였다.

어쨌든 고블린도 꽤 수익이 되기에 가방에 넣고 있을 때였다.

"대단한데? 역시 맞나 본데?"

흠칫! 하고 재현과 운디네, 썬더러의 어깨가 떨렸다. 누군지는 모르겠지만 전혀 기척을 느끼지도 못했다.

자신보다 기척을 읽는 데 뛰어난 운디네와 썬더러도 느끼지 못했으니 유령이라도 갑자기 나타난 기분이었다.

재현은 낯선 이의 목소리를 듣고 고개를 돌렸다. 자신의 뒤에 몇 미터 떨어지지 않은 곳에 남녀가 서 있었다.

등산객의 출입은 금지되었을 테니 헌터일 거라고 생각했다.

그들은 자신을 아는 듯 말하는 그들을 향해 물었다.

"누구시죠?"

뭔가 목적이 있어서 왔을 거라 생각했다.

"아, 소개가 늦었네. 난 장재균이라고 한다. 옆에 있는 애는 강미경."

"애? 나는 애 취급이야? 난 성인이야, 꼬마가 아니라고!"

"그래, 알았어. 알았으니까 머리 쥐어뜯지 마. 머리 뜯어져."

이런 그늘진 산속에서 선글라스를 쓴 재균이란 사람은 호리호리한 체격에 스타일리시한 사람이었다.

스스로 성인라고 말하지만, 높게 쳐 줘야 고등학생으로 보이는 강미경이란 여성은 몸에 딱 맞는 옷에 무거운 장비를 걸치고 있었다.

특히 그녀의 허리춤에 있는 무기에 신경이 쓰였다. 그녀가 가지고 있는 무기는 평범한 단도였다.

그런데 그 단도의 개수가 너무 많다는 게 가장 신경이

쓰였다. 허리, 허벅지, 팔에 그 단도를 소지하고 있었다.

눈으로 보이는 것만 해도 여섯 개다. 숨겨 둔 단도까지 있다면 그보다 더 많을 것이다.

반면 재균이란 사람은 무기라고는 손에 착용하고 있는 너클밖에 보이지 않았다.

그들은 서로 옥신각신하고 있다가 곧 진정하고는 재균이 말했다.

"사실 여태껏 너를 은밀히 지켜봤어. 아, 내가 나이가 많은 것 같으니까 일단 반말로 하기로 하지."

재균은 언뜻 봐도 30대로 보인다. 적게 쳐줘도 20대 후반이다. 거기다 어찌 된 것인지, 그가 말을 놓는 게 자연스럽고 당연하게 생각되었다. 재현은 알겠다는 듯 고개를 끄덕이다가 질문을 던졌다.

"지켜봤다고요?"

"그래. 그 정령들은 계속 뭔가가 따라오는 것을 눈치를 챘지만 보이지는 않았을 거야. 그게 이 애…… 미경이의 능력이거든."

'애'라는 단어에 죽일 듯이 노려보는 미경의 시선에 재균이 서둘러 단어를 고쳤다.

운디네와 썬더러가 주변에서 기척이 느껴진다고 말했던 이유를 이제서야 알게 된 재현이었다.

운디네와 썬더러가 사냥을 매일 하는 걸 힘들어해서 말을 돌려 말하고 있는 거라고 생각했는데 그게 아니었던 것이다.

"그런데 무슨 일로 절 지켜본 거죠? 전 특별할 거 없는 헌터인데요."

지켜봤다면 분명 무슨 이유가 있다는 의미였다. 보아하니 그들은 꽤 베테랑 같은 면모를 보이고 있었다.

몸에서 은연중 느껴지는 위압감이라든지, 다가왔을 때 기척도 없이 다가온 것이 그 증거다.

이런 사람들이 자신을 왜 지켜봤는지 이해가 가지 않았다.

"사실 네가 그 소문의 정령사가 맞는지 확인하기 위해서야. 너 일단 정령사지?"

"정령사는 맞는데요."

재현은 운디네와 썬더러를 가리켰다. 두 정령이 대 놓고 자신의 어깨에 올라타 있는데 굳이 물어야 하는 듯 바라본다.

"그럼 네가 소문의 그 정령사냐?"

"……?"

재현은 무슨 말이냐는 듯 그를 바라보았다. 아무것도 모른 상태에서 소문의 정령사냐고 물으면 당연히 재현과 같은 반응을 보일 것이다.

"잘 모르겠는데요."

"그래? 헌터계에서는 유명하던데. 수습 헌터가 된지 얼마 되지도 않은 녀석이 열심히 사냥하고 머잖아 홉 고블린 부족장을 사냥했다고 해서 말야. 혹시 홉 고블린 부족장을 잡은 적 없어?"

홉 고블린 부족장을 사냥한 정령사 얘기라면 자신이 맞았다.

재현은 이들이 그 정보를 어떻게 얻었는지 몰랐지만 헌터계가 알고 보면 소문이 삽시간에 퍼지는 곳이라고 들었다.

재현만 하더라도 헌터 상점이나 헌터 양성소에서 헌터끼리 싸우다가 경찰서에 끌려갔다거나, 헌터가 사건에 연루되었다는 그런 걸 들을 때가 있다.

마음만 먹는다면 그 정보에 대해 금방 알아낼 수 있을 것이다.

"홉 고블린 부족장을 잡은 건 제가 맞는데요."

"역시 맞았군."

재균은 이대로 하산하지 않은 걸 다행으로 생각했다. 하산을 했으면 내일 만났으리란 보장도 없었을 테니까.

소문의 정령사가 맞다는 게 확실시되자 재균이 만족스

러운 듯 하하 웃었다.

"우리 밑으로 들어와라."

"……예?"

"대우는 잘해 줄 테니까."

그게 무슨 소리냐는 듯 바라보는 재현이었나. 뜬금없이 밑으로 들어오라고 하면 누가 알아듣겠는가. 순간 기분이 나빠진 재현은 당연히 거절이었다.

재현은 남의 밑에 들어가는 성격이 아니다. 취직은 어쩔 수 없는 거기 때문에 감수할 생각이었지만, 헌터는 자유로운 직업이다.

선배에 대한 대우는 해 줘도 솔직히 선후배에 대한 예의범절은 따로 없었다. 헌터들은 일종의 프리랜서기 때문이다.

'이놈들 뭐야? 다짜고짜 밑으로 들어오라고나 하고.'

사람의 인상이 좋아 좀 좋게 봤는데, 갑자기 비호감으로 전락했다.

애초에 처음 보는 사람에게 나이가 적든 많든 존댓말을 하는 게 우선이다.

아무리 상대가 자연스럽고 당연하게 느껴도 그게 예의인 법이다.

예의도 모르는 사람에게 아무런 설명도 없이 갑자기 밑

으로 들어오라는 소리를 들으면 기분 좋을 사람은 한 명도 없다.

"거절하죠."

"그렇게 단번에 거절하면 상처받는데."

아무것도 안 듣고 이렇게 단번에 거절당할지 몰랐는지, 재균이 머쓱해하며 머리를 긁는다.

"다시 한 번 더 생각해 보는 게 어때? 난 포레스트 소속이라고. 다른 곳과 달리 우린 대우가 꽤 좋다고."

"포레스트인지 푸레스트인지 남의 밑으로 들어가는 성격이 아니라서요. 죄송해요. 나중에 할 생각이 있으면 연락드릴게요."

재현이 정중하게 거절하고 자리를 뜨려고 하자 그가 갑자기 앞길을 막았다. 그러더니 애꿎은 나무를 향해 주먹을 내질렀다.

쿵!

나무가 크게 요동친다. 고작 주먹을 내지른 것뿐인데, 나무가 푹 파였다.

재균은 재현을 노려보았다.

"포레스트인지, 푸레스트인지? 감히 우리 소속을 그따위로 말해? 이게 어디서 겁도 없이 까불고 있어?"

그에 응하듯 재현도 그의 시선을 피하지 않고 정면으로

바라봤다.

"들어볼 필요도 없을 것 같은데? 사람이 싫다고 하면 그냥 보내주는 게 예의 아닌가? 그리고 초면에 자기가 나이가 많다고 말을 놓는 거부터 예의를 논하는 건 언어도단 같은데 말야."

상대가 적대하니 재현도 굳이 존댓말로 할 필요성이 사라졌다.

운디네와 썬더러는 언제든 공격할 수 있도록 만반의 준비를 하고 있었다. 서로 흉흉한 기운을 내뿜고 있었다.

지금 당장 싸움이 나도 이상할 게 없는 분위기였다. 심지어 미경도 그와 마찬가지로 매섭게 그를 노려보고 있었다.

"이놈 눈빛 봐라. 진짜 한번 나와 해 보자는 거냐? 초급 헌터 주제에 감히 중급 헌터에게?"

"네가 중급 헌터든 말든 나랑 뭔 상관인데. 내가 가장 싫어하는 게 자기가 좀 더 세다고 상대를 겁주려는 녀석이거든?"

재현은 당한다 해도 그냥 당하지 않겠다는 듯 그를 노려본다.

눈빛으로 사람을 죽일 수 있었으면 몇 명을 죽였을 만큼 서로를 노려보고 있었다.

"어? 싸움이다!"

"오, 헌터끼리 싸운다!"

그때 근처에 있던 것으로 추정되는 헌터들이 속속들이 모여들었다. 흉흉한 분위기에 말싸움까지 했으니 사람들이 금방 몰려드는 것이다.

재균은 사람들을 의식했는지 곧 손을 내렸다.

"지금은 운 좋은 줄 알아라. 하지만 감히 우릴 욕보인 건 후회하게 해 주지."

"할 수 있다면."

말재간에서 지지 않을 자신이 있던 재현은 그렇게 응수하고, 그 자리를 떴다.

그들도 마찬가지로 사람들이 더 몰려오기 전에 자리를 떴다.

재현은 인파에서 벗어나며 생각한다.

'똥이 무서워서 피하나, 더러워서 피하지.'

재현은 똥을 밟은 것처럼 찝찝한 느낌으로 그 자리를 벗어나야 했다.

* * *

재현은 찝찝한 기분으로 산에서 내려오고, 곧장 숙소에

머물렀다. 그리고 이튿날 눈을 뜨자마자 간단하게 세수하고 사냥을 하러 올라갔다.

이번에 그가 사냥하러 온 곳은 어제보다 거리가 좀 되는 곳이었다.

그 포레스트인지 뭔지 하는 소속이라는 녀석들의 얼굴을 보기 싫었다.

어차피 이제 더는 만날 일도 없는 녀석들이니까 신경을 끄기로 한 상태였다.

그가 기분 전환 겸 새로운 몬스터를 사냥해 볼까 생각하며 산을 올라가자 그간 본 적 없는 몬스터를 볼 수 있었다.

하이에나와 똑같이 생긴 몬스터인데, 두 발로 걷고 있었다. 거기다 무기까지 들고 있었다.

녀석들은 사냥한 노루를 들고 있던 단도로 보기 좋게 썰어 입에 가져가 맛있게 먹고 있었다. 재현은 레이저를 쏴 녀석의 정보를 확인했다.

이름: 놀

종류: 하이에나과

등급: E+

-하이에나와 똑같이 생겼지만 이족 보행을 하는 몬

스터이다. 전투시에는 두 발로 서지만, 도주할 때는 네 발을 사용한다. 발톱과 이빨이 퇴화하는 대신 뇌가 발달하면서 도구를 사용하는 것 같다. 진화가 덜 되어 하이에나의 모습은 그대로 남아 있지만, 매우 날렵하고 몸이 유연하다. 변칙적인 공격을 해 오니 주의해야 하며 협공 공격은 가장 조심해야 한다. 개개인은 매우 약하다. 무리를 이루고 다니며 불리하면 다른 무리를 불러올 수 있으니 주의해야 한다.

놀이라는 몬스터는 어쩐지 신기해 보이는 몬스터였다. 하이에나 같은 모습으로 두 발로 걷고 무기까지 들고 있어 괴리감이 엄청났다.

"일단 E+급이네."

D급 몬스터도 혼자서 잡을 수 있기 때문에 E급 몬스터는 그리 어렵지 않다. 그는 검을 뽑아 들고 녀석들에게 다가갔다.

녀석들의 수는 여섯 마리. 무리를 이루는 몬스터라도 좀 많은 숫자다. 그가 다가오자 녀석들이 반응을 했다.

"식사 시간에 미안한데, 나랑 좀 어울려 줘. 아쿠아 버스트!"

물대포가 녀석들에게 쏟아진다. 한창 식사를 즐기고 있

던 녀석들은 마른하늘에 벼락을 맞은 기분일 것이다.

찬물을 녀석들에게 쏟아부었다. 수압이 세 몸을 제대로 가누지 못해 쓰러지는 녀석들도 있었다.

하지만 그 와중에 쏟아지는 물세례를 피해 그에게 달려드는 녀석이 있었다.

생각보다 빠르게 달려오며 재현의 품으로 파고들려고 했다.

녀석이 들고 있는 무기는 날 길이가 15센티미터 정도 하는 단도였다.

재현은 어이없게 바라보며 지팡이를 휘둘러 녀석의 손목을 때린 후, 다리에 힘을 싣고 발차기를 날렸다. 무기의 길이나 신장의 차이로만 봐도 재현이 당연히 압승이다.

녀석의 턱에 보기 좋게 재현의 발차기가 들어갔다. 육중한 타격음과 함께 녀석이 쓰러지더니 기절해 버렸다.

"그런 짧은 무기로 어떻게 당해 내려고? 거기다 맷집 하나는 정말 약하네."

아이언 와일드 보어는 엄청나게 맷집이 좋았다. 그런 녀석을 상대하다가 놀을 상대하니 확연히 차이가 났다.

"아쿠아 애로우."

아쿠아 버스트의 유지시간이 다 되고, 재현은 녀석들이

달려들지 못하도록 견제를 하고 일부러 몇 마리만 달려들 수 있도록 했다. 그리고 다시 소리친다.

"아쿠아 월(Aqua wall)!"

그가 이번에 새로 개발한 기술은 바로 물로 이루어진 벽이었다. 아영이 만들었던 불의 벽을 그대로 카피한 것이었다.

녀석들을 오지 못하도록 하는 기술이지만, 이렇게 수를 최대한 줄여 나가는 방법으로도 사용할 수 있는 것이다.

면적도 넓어 방어 기술로도 딱 좋았다. 유지하는데 정령력이 꽤 많이 드는 기술이지만, 그만큼 꽤 많은 효율을 발휘할 기술이라고 생각한다.

이로써 한 무리로 힘을 이루는 녀석들 반을 잘라 버렸다. 재현이 이들을 상대로 선택한 전투 방법은 각개격파였다.

앞으로 튀어나왔던 녀석들이 뒤에 벽이 생겨 무리와 단절되자 당황한 기색이 역력했다.

재현은 녀석들이 당황하고 있을 때, 더욱 몰아붙였다.

"아쿠아 스피어! 라이트닝!"

재현이 잠깐의 쉴 틈도 없이 몰아치자 결국 녀석들이 쓰러졌다. 재현은 녀석들이 쓰러지기 무섭게 벽을 거뒀다.

벽을 거두자, 나머지 녀석들이 눈앞에 벌어진 일을 보고 놀라고 있다.

그러나 녀석들은 곧 달려들었다.

한 무리로는 큰 힘을 발휘하지만 각자의 힘은 약한 녀석들이다. 다만 녀석들은 정말 변칙적인 공격을 해 왔다.

달려오다가 뒤에 있던 녀석이 앞에 있던 녀석을 발판으로 삼아 달려들기도 하고, 검을 던지기도 했다.

찌르는 듯한 동작을 보이다가도 아가리를 벌려 물려고 했다.

발톱과 이빨이 퇴화했다 하더라도 아직 그 날카로움은 남아 있다.

물리거나 할퀴어도 인간의 연약한 피부에는 치명적으로 다가올 게 뻔하다.

하지만 재현은 그 모든 걸 다 막아 냈다. 썬더러가 녀석들이 공격을 하기 전에 전기 공격으로 무력화시켰기 때문이다.

위기를 느꼈는지 한 녀석이 울기 시작한다.

"아오……!"

"동료를 부르는 신호다! 운디네, 입 막아!"

재현은 녀석이 더 크게 울기 전에 녀석의 머리에 커다란 물 덩어리를 씌우도록 명령했다.

녀석은 갑자기 머리가 물에 갇히자 당황하며 허공에 대고 손을 흔든다.

몸은 멀쩡한데 얼굴만 물에 잠겨 있어 꽤 당황한 것처럼 보인다. 이제 남은 녀석은 단 한 마리다.

"라이트닝 차징!"

라이트닝 차징이 녀석에게 적중한다. 녀석은 전기 충격을 받고 쓰러졌다.

재현은 곧장 대지를 박차고 녀석에게 달려들어 녀석의 머리를 축구공 차듯 차 버렸다.

물론 지금 신고 있는 신발은 전투화다.

전체적으로 가죽으로 되어 있지만, 앞쪽은 단단하기 때문에 힘차게 차면 꽤 큰 충격이 있었을 것이다.

깔끔하게 전투가 끝났다. 맷집이 약하다던데 정말 너무 약했다.

"딱 E급 몬스터네."

이제 녀석들을 챙기기로 하고 가방을 풀려고 할 때였다. 정면에서 기척이 느껴져 시선을 돌리니 놀 무리가 다가왔다.

"뭐야, 한 무리가 더 오네?"

재현은 굳이 찾아다닐 필요도 없어서 오히려 환영이었다. 문제는 이 녀석들을 언제 다 나르느냐다.

가방은 두 개나 되기 때문에 두 무리 정도는 어떻게든 욱여넣으면 모두 챙겨갈 수 있을 것 같다.

그런 생각을 하고 있을 때, 또 다른 무리가 나타났다. 그리고 오른쪽에서도 기척이 느껴져 바라보니 또 다른 녀석들이 나타난다.

재현의 얼굴색이 하얗게 질리기 시작한다.

"잠깐만. 이건 아니지!"

처음에는 또 오나 싶었는데, 그게 아니다. 녀석들이 늘어나는 수가 점점 많아진다. 거의 포위되어 도망칠 길도 없어지려고 했다.

"많아도 너무 많잖아!"

지금 그에게 다가온 몬스터들의 수만 하더라도 열 마리 이상이었다. 거기다 그 수는 점점 불어나고 있었다.

사냥을 하면서 이런 적이 없기에 재현은 당황해했다.

아무리 재현이라도 이 많은 양의 몬스터가 한 번에 몰아치면 막을 도리가 없다.

'뭔가 이상해. 이게 정상적인 일인 건 아니잖아.'

재현은 이게 놀만의 특성이 아니라고 생각했다.

동료를 불러 모을 수 있다고 설명은 되어 있다. 하지만 재현은 녀석들이 무리를 부를 틈도 주지 않았다.

한 번에 많이 모여 다닌 것도 아니고, 한두 마리 차이로 무리를 이룬 녀석들이 나타났다.

"재현아, 뭔가 이상해. 지금 뒤편에서 더 오고 있어. 이대로 가만히 있으면 위험해져."

지금 나타난 녀석들로도 감당할 수 없는 지경이다.

"지금 당장 도망치는 게 좋을 거 같아."

"마침 나도 그 생각을 하는 중이었어."

결국 현재로써 그가 선택할 수 있는 최고의 방법은 도주였다. 재현이 운디네를 향해 소리쳤다.

"포그!"

운디네가 자신이 모은 모든 수분을 사방으로 넓게 퍼트리며 물의 안개를 만들어 냈다.

바람이 잘 안 드는 이곳에서는 안개가 꽤 오래갔다. 녀석들의 시각이 차단된 틈을 타, 재현은 바로 도주할 수 있었다.

* * *

재현은 며칠 간 사냥을 했지만, 계속 몬스터들이 몰려와 사냥을 하지 못했다.

이상함을 감지한 재현은 정우에게 연락을 취했다.

그는 한 달 면허 정지 기간이 끝나 최근에 다시 교관으로 복귀해 일을 하고 있었다.

재현은 왜 이런 일이 생기는지 물어보자 답을 내주었다.

[아무래도 몹몰이 범죄 같구나.]

"몹몰이 범죄요?"

[그래. 몬스터들을 몰아 유리한 위치에서 사냥을 하는 건 잘 알고 있지?]

재현이 긍정했다. 자신도 몬스터들을 몰아 토끼 사냥을 하듯 유인해서 싸워 본 적이 있기 때문이다.

사냥을 할 때 기본적인 전략이기도 하다.

[그것을 악용한 범죄다. 몬스터들을 몰아 헌터를 곤경에 빠뜨리는 위험한 범죄지.]

"도대체 왜 그런 위험한 짓을 벌이는 거죠?"

재현은 이해할 수 없었다.

그 짓은 정말 범죄를 넘어 살인 행위나 다름이 없기 때문이다. 몬스터들이 아무리 약해도 모인다면 어떻게 할 수 없다.

몬스터들은 다른 종족과 영역 다툼을 벌이거나 잡아먹기도 하지만, 눈앞에 인간이 나타나면 인간을 죽이는 걸 우선시한다.

인간은 몬스터들에게 공통적인 먹잇감이며 무자비한

공격 대상인 것이다.

[장난으로 하는 경우도 있지만, 너의 말을 들어보면 누군가 너를 타깃으로 삼고 있는 것 같구나.]

"타깃으로요?"

[최근에 다른 헌터와 다툰 적이 있거나 한 적 있니?]

재현은 고민할 것도 없었다. 다툰 적이라면 있다. 자신의 밑에 들어오라는 그 중급 헌터들이다.

"예. 포레스트인가 뭔가 하는 녀석들이 자기 밑으로 들어오라고 해서 거절했더니 말다툼을 한 적이 있어요."

[포레스트? 이거 참. 난감하게 됐군.]

정우가 뭔가 알고 있다는 듯 말하자 재현이 오히려 더 궁금해졌다.

"유명한가요?"

[유명하지. 나쁜 쪽으로 말야. 악명이 높다고 해야 하나. 그 녀석들의 타깃이 돼서 헌터를 그만둔 사람도 있었으니 말이다.]

재현은 정우가 해 주는 말에 귀를 기울였다. 포레스트는 헌터 길드 중 하나로, 10년 전에 만들어진 길드라고 한다.

포레스트는 창설되었을 당시 몬스터들이 출몰하는 위험 지역을 차지하고, 독점을 하기도 했다.

지금은 법으로 많이 규제해 불가능하지만, 당시에는 헌터에 대한 법이 조금씩 생겨나기 시작했을 때라 기초적인 법만 있었을 뿐이며 그것조차 많이 마련되지 않은 상태였다.

지금은 많은 법이 생겨나 어느 정도의 통제가 가능하지만, 그 법을 악용하는 곳이 포레스트 길드이다.

몹몰이 범죄의 시초도 포레스트 길드라고 한다. 또 각종 헌터와 관련된 범죄 유형을 대다수 창조한 곳이 포레스트 길드라 해도 과언이 아니라고 할 정도였다.

지금은 더욱 지능적으로 변해 일부 헌터들은 마약 밀수나 성매매 알선 같은 것도 같이 한다고 하니 범죄 집단이나 다를 바가 없었다.

“그건 범죄 집단이 아닌가요?”

[맞아. 길드의 탈을 쓴 범죄 집단이지. 헌터계의 마피아라고 해도 무방하다. 그래서 나라하고 헌터계에서 포레스트 길드의 활동을 하지 못하도록 처벌했지만, 워낙 은밀하게 운영되고 있어 손을 못 대고 있는 게 현실이지.]

헌터들로 이루어진 범죄 집단인 데다 여기저기 손을 대고 있으니 경찰들도 함부로 하지 못하리라 생각하는 모양이다.

“그럼 길드를 해산시키면 되지 않나요?”

[녀석들은 정해진 거처도 없고 무엇보다 정식 길드가 아니다. 범죄와 관련된 일에 엮여 있는 걸 조사 결과 알아내고 해산시켰는데, 그 후로 은둔해서 활동하고 있어 수사하기가 더욱 힘들어졌다. 해산된 이후로 세력이 여기저기 쪼개져 많이 약화됐지만 말이다.]

그리고, 라고 덧붙이며 말을 이었다.

[무엇보다도 정식 길드로 등록된 것이 아니라 길드 처벌로 할 수도 없는 것도 현실이다. 전(前) 길드 마스터는 체포되어 지금은 징역 10년 형을 받고 복역 중이다. 지금 그들을 이끌고 있는 주동자를 잡는다 해도 증거를 먼저 제시해야 하기 때문에 감방에 넣기 힘들다고 하는구나.]

지능화되고 세력이 커지니 재현의 판단으로는 윗사람들에게 손을 뻗은 것이 아닐까 생각한다.

많이 알려지지 않은 것들도 꽤 있는 게 아닐까 재현은 판단했다.

[녀석들을 처벌하기 위해서는 증거가 충분히 있어야 한다. 하지만 몹몰이 범죄는 증거로 활용하기에는 턱없이 부족하지. 그래서 목격자들이 증인으로 확보되어야 하지만…….]

"증인들은 보복이 두려워서 잘 안 나타나겠죠?"

[……그래.]

재현이라도 마찬가지일 것이다.

가만히 있으면 아무런 피해를 입지 않는 것과 드러내고 피해를 입는다면 아예 가만히 침묵하는 쪽으로 할 것이다.

그렇기에 재현은 난감한 표정을 지을 수밖에 없었다.

[그런 범죄에 관련된 곳은 포레스트만이 아니다. 암암리에 활동하는 곳은 많고, 그 인원도 다 셈하기 힘들 정도지. 단체를 이루는 경우도 있고, 개인이 하는 경우도 있지. 그런 녀석들을 블랙 헌터, 유사한 길드를 블랙 길드라고 한다. 그런데 그걸 넌 몰랐니?]

마치 헌터라면 다 아는 듯한 말이다. 재현은 머리를 긁적이며 대답한다.

"이번에 처음 들어봤어요. 블랙 헌터라든지, 블랙 길드라든지."

[인터넷에서 한 번쯤 보지 않았나? 헌터총연합회에 들어가면 알기 싫어도 알게 될 텐데?]

재현은 무슨 말인가 싶었다. 헌터총연합회는 뭐냐는 생각이 들었다. 그도 그럴 것이, 재현은 인터넷을 거의 이용한 적이 없기 때문이다. 인터넷을 해도 면접과 관련된 신문이나 기사들을 볼 뿐이다.

뉴스에서는 아주 가끔 들어 본 것 같긴 한데…… 역시

잘 모르겠다. 그런 쪽은 주의 깊게 보질 않아서 모르는 것도 당연하다.

[보아하니 인터넷을 잘 이용하지 않는 모양이군.]

"예. 헌터가 되기 전에도 관심 있는 기사만 봤으니까요. 헌터가 된 이후에는 사냥을 다니거나, 남는 시간에 인터넷보다는 친화력과 정령력을 올리려고 하고요."

거기다 지금은 노트북도 망가진 상태다. 아직도 노트북을 새로 사지 않았다.

[허 참.]

요즘에는 보기 드문 청년이라고 정우는 생각하고 있을 것이다.

물론 한심하다는 쪽으로.

[그럼 이 기회에 한번 들어가 봐. 검색창에 헌터총연합회라고 치면 홈페이지가 바로 나오니까. 거기에 들어가면 각종 정보가 있을 거다. 나한테 듣는 것보다 그곳에서 정보를 얻는 게 가장 효율적이고 이로울 거다.]

재현은 알겠다고 말한 후, 귓속말을 끊었다. 그리고 휴대폰을 꺼내 인터넷에 접속해 헌터총연합회 사이트에 들어가 보았다.

그곳에는 정말 방대한 양의 정보가 다 담겨 있었고, 킵보이의 최신 업데이트도 할 수 있었다.

재현은 로그인을 했다. 헌터가 아니면 열람이 금지되어 있었다. 로그인은 어렵지 않았다. 자신의 헌터 번호가 아이디였고, 주민등록번호가 비밀번호였기 때문이다.

재현이 게시판에 들어가 블랙 헌터를 입력하자 수많은 게시글이 나타났다. 개수만 해도 무려 일만 개가 넘어갔다.

[블랙 헌터한테 타깃이 된 것 같습니다. 도움이 필요합니다!]

[얼마 전 블랙 헌터를 역관광시켰다.]

[블랙 헌터랑 아예 연관 안 되는 게 답이다.]

재현은 가장 먼저 위에 있는 것부터 차례대로 클릭해 읽어 보았다. 상당히 많은 양이라 다 읽을 수는 없지만, 블랙 헌터에게 피해를 본 것에 대한 내용이 담겨 있었다.

심지어 헌터들을 궁지에 몰아 죽이고 그 헌터의 아이템들을 모두 가져가는 녀석들도 있다는 모양이다.

'미쳤네, 미쳤어.'

어떻게 사람을 아무렇지 않게 죽이고 그 물품을 약탈할 수 있는지. 도무지 이해가 가지 않았다. 이건 마피아나 할 짓들이 아니던가.

심지어 인신매매를 당했다가 간신히 빠져나온 헌터도 있다는 모양이다.

게시글 중에는 자신처럼 몹몰이 범죄를 당한 이도 있었다.

재현은 게시글을 읽어 가면서 이를 바득바득 갈았다. 모르고 있었으면 이런 놈들도 있구나, 생각했을 일이지만, 자신도 이와 연관되어 있다 보니 열이 뻗쳤다. 그는 이번에는 포레스트를 확인해 보고자 했다.

포레스트를 검색하자, 블랙 헌터보다 조금 적은 정도의 게시글이 나타났다. 얼마나 악명이 높았으면 한 유령 길드가 이렇게 많은 게시글이 있을까 생각했다.

[포레스트가 나한테 심한 짓을 했다.]

[포레스트는 있어서는 안 될 길드다.]

[포레스트는 원래 미친놈들의 집단 아냐?]

[포레스트를 조심하세요!]

[포레스트, 회를 떠야 한다.]

[당한사람의 원한을 모르는 녀석들.]

[내가 그놈들 모가지를 따 버리겠어!]

[포레스트 멤버 집을 알아낸 것 같음!]

[포레스트에 대한 중요한 정보 입수!]

대부분 포레스트를 욕하는 제목이다. 재현은 게시글을 들어가 보았다. 그리고 게시글에 간략한 내용이 있었다.

[헤헷, 당하신 님들 수고염☆1]

"……."

……낚시 글이었다. 재현은 뭐 이런 미친놈이 다 있나 생각했다.

다른 것들도 차례로 읽어 봤더니 낚시 글이었다. 재현은 어이가 없어 황당한 표정을 지었다.

심지어 낚시 글에는 그걸 믿냐? 내가 어떻게 그런 놈들에게 복수해? 라는 글이 있었다. 덧글도 게시글을 올린 이를 욕하는 것이 있었다.

뭐 이런 곳이 다 있나 싶었다. 자유 게시판에 오긴 했지만 이렇게 질서가 없을 줄은 몰랐다.

삭제된 덧글이라고 되어 있는 것도 꽤 많다. 아마 욕을 심하게 한 사람이 아닐까 싶었다.

"덧글은 이해해도 이런 글을 올리는 사람들은 뭐래?"

어이가 없어서 말이 안 나올 지경이다. 재현이 황당해하고 있을 때, 운디네가 말을 걸었다.

"이 글 조금 이상한 것 같아."

"뭐가?"

확실히 정신이 나간 아무 의미 없는 게시글이긴 하지만, 그런 뉘앙스로 말한 것 같지는 않았다.

참고로 운디네와 썬더러는 인간의 글자를 알고 있다. 인간과 계약을 하면 그 계약자가 알고 있는 언어와 글자

체계를 알 수 있기 때문이다.

"이 글들, 잘 봐봐. 이상하지?"

"응. 이상해. 정신이 나간 거 같아."

"내가 말하는 건 그게 아냐. 한번 대각선으로 읽어봐."

"대각선?"

재현은 운디네가 말하는 대로 따라서 대각선으로 읽어 보았다.

포레스트가 나한테 심한 짓을 했다.

포레스트는 있어서는 안 될 길드다.

포레스트는 원래 미친놈들의 집단 아님?

포레스트를 조심하세요!

포레스트, 회를 떠야한다.

당한사람의 원한을 모르는 녀석들.

내가 그놈들 모가지를 따버리겠어!

포레스트 멤버 집을 알아낸 것 같음!

포레스트에 대한 중요한 정보 입수!

포레스트 회원 모집 중.

"……."

재현의 입이 떡 벌어진다. 아무런 이유가 없던 것 같은 게시글을 대각선으로 읽으면 하나의 문자가 되기 때문이다.

글을 올린 사람들은 다르지만, 우연이라고 치부하기에는 너무 절묘했다. 재현은 게시글을 들어가 읽어보았다.

게시글은 별 의미가 없었지만, 재현은 자세히 확인했다.

[헤헷! 당하신 님들 수고염☆1]

[그래도 존재하는 걸 어쩌겠음? ㅋ0]

[그 사람들이 미친 게 아니라, 세상이 미쳐서 그런 거겠지♡메롱5]

모두 다 공통적으로 번호가 들어가 있는 걸 볼 수 있었다.

처음에는 쉬프트(Shift) 키나 특수문자를 누르지 않고 번호를 누른 게 아닐까 생각했는데, 그게 아닌 것 같다. 이건 모두 의도한 것이었다. 재현은 번호를 모두 종이에 적었다.

맨 위부터 순서대로 번호를 나열하니 105914666이 나왔다. 무슨 의미를 담고 있는 것 같지는 않았다.

"치밀하네. 만약 이게 진짜 포레스트 녀석들이 일부러 한 짓이라면 소름이 돋을 지경이겠어."

만약 이것이 정말이라면 재현도 그 정성에 감탄할 정도다. 올린 날짜가 다른데 이렇게 만들어 낼 수도 있구나란 생각이 든다.

"이게 무슨 의미일까?"

"암호가 아닐까? 아니면 어딘가의 좌표라든가."

좌표라고 하기에는 무리가 있다. 좌표는 x와 y축으로 총 네 자리가 전부니까. 그러기에는 한 자리가 많았다.

"혹시 게시글 숫자인가?"

게시글에는 지금까지 올라와 있는 숫자가 옆에 적혀 있다. 최근 올라온 것은 1만 번째의 것이다. 재현은 고민을 하다가 반복된 문자에 주목했다.

666. 불결한 숫자로 표기되는 숫자다. 종교를 안 믿는 재현에게는 그다지 의미 없는 숫자이다.

그래도 혹시나 싶어 게시글 번호를 입력하자, 하나의 게시글이 나타났다.

제목은 좋은 사이트! 라고 쓰여 있다.

그냥 봐서는 낚시거나 야한 사진이나 동영상들이 깔린 사이트를 홍보하는 것이 아닌가 싶기도 했다. 헌터들이 모두 이용하는 곳이니 그런 곳이라면 당연히 게시글이 지워졌을 것이다.

[www.pore666.co.kr]

"……."

나온 것은 홈페이지 주소. 재현은 홈페이지에 들어가 본다.

홈페이지에 들어가게 되자 메인 화면에 비밀번호를 입력하라는 메시지가 나타난다. 재현은 105914666을 입력해 보았다. 비밀번호가 틀렸다고 나온다.

그렇다면 게시글에 쓴 666번을 뺀 것을 입력해 보았다. 로딩 창이 뜬다. 그리고 잠시 후.

"……들어가졌잖아?"

비밀번호가 맞았다. 그리고 락이 걸려 있던 홈페이지가 열렸다. 홈페이지 대문에는 'Porest' 라는 문고가 걸려 있다.

"포레스트……."

재현이 자신도 놀란 표정으로 홈페이지를 본다. 설마 이렇게 쉽게 열람할 줄은 꿈에도 몰랐다. 아무리 포레스트에 관심이 있는 사람이라도 찾기 어려운 절차였다.

어떻게 보면 간단하지만, 설마 아무 의미도 없는 게시글에 포레스트 회원 모집 중이라고 생각하고, 비밀번호까지 알아내겠는가.

재현도 운디네가 게시글을 대각선으로 읽으면 특정 문장이 된다는 걸 알려주지 않았더라면 모르고 넘어갈 뻔한 것이었다.

거기다 내용의 비밀번호들까지 유추하기란 대단히 힘든 것이다. 나름대로의 집요함과 머리를 써야 가능한 일인 것이다.

"그래도 녀석들의 홈페이지에 들어왔네."

재현은 이렇게 들어온 사람이 몇이나 될까 생각하며 포레스트에 대한 정보를 입수하기 위해 여기저기 돌아다닌다. 우선은 최근 업로드 게시글부터 확인하기로 했다. 가장 위에 있던 게시글은 다음과 같았다.

[그냥 장난으로 몹몰이를 했는데, 헌터가 죽어 버렸네요. 기념으로 찍었어요.]

"……."

이건 뭘까 싶어 재현이 게시글에 들어가 본다. 게시글에는 사진이 첨부되어 있었다.

사진을 보기 위해 손가락을 가져가 터치하자 화면이 바뀌었다. 그리고 그의 눈이 커지고, 얼굴이 새파랗게 변하기 시작했다.

재현은 자신도 모르게 입을 막으며 휴대폰을 멀리 던졌다. 액정에 금이 갔다.

그는 숨을 가쁘게 몰아쉬다가 간신히 진정시킬 수 있었다. 그는 다시 휴대폰을 주워 사진을 바라본다.

액정에 금이 가 있었지만, 알아보는 것에는 전혀 문제되지 않았다.

그가 보고 있는 사진은 어떤 사람이 배가 뜯어진 채, 장기와 뼈를 드러낸 채 죽어 있는 사람의 사진이었다.

"미쳤어. 정말 미쳤어. 포레스트라는 블랙 길드."

재현은 마음을 진정시키고, 포레스트 홈페이지를 둘러보고 경악을 금치 못했다.

잔인한 사진도 여과 없이 드러내고, 그걸 자랑하는 곳이었다. 회원 수는 나와 있지 않지만, 꽤 많은 회원이 있을 거라 생각했다.

"미친 새끼들. 이런 곳에 비밀리에 커뮤니티를 활성화해 놓고, 대화를 나누고 있었구나."

대화를 하는 건 회원 등록을 한 자만이 가능하다. 하지만 게시글은 대부분 비밀글이었다.

회원 등록 없이 볼 수 있는 것은 극히 일부란 소리였다. 재현이 봤던 사진도 나중에 비밀글로 다시 활성화되었다. 글을 올릴 때 비밀글은 필수인 모양이다.

재현도 다른 것을 보고 싶었지만, 대다수를 볼 수 없어 정보를 모으고 싶어도 모을 수가 없었다.

제목만 봐서는 일반 커뮤니티 같이 보이지만, 어떤 정보를 가지고 있는지 알지 못하니까.

재현은 회원 가입을 하고 들여다볼까 생각했지만, 곧 포기해야 했다. 회원 가입을 하는 즉시 자신의 신분이 완전히 노출되기 때문이다.

이름, 주민번호, 주소, 휴대폰 번호 등등 자신의 신상을 입력하는 곳이 있었다.

자신의 동향을 알아낸 길드라면 최소한의 정보를 가지고 있다는 뜻이다.

이곳에 가입했다는 걸 알면 그들이 가만히 있지 않을 것이다. 곧장 위치를 추적할 테니까.

“정말 날 죽이려 드는 건가?”

포레스트 길드는 생각보다 더, 들은 것보다 더 무서운 곳이었다. 몹몰이 범죄는 이쪽에서는 아주 가벼운 축의 장난 정도로 인식될 정도였다.

몹몰이 범죄를 저지르다가 붙잡혔는데 증거 불충분으로 나왔다고 대 놓고 자랑하는 녀석도 더러 있었다.

사람을 죽일 수 있는 짓을 하고도 죄책감을 느끼거나 하지 않고, 오히려 즐기고 있었다.

이걸 미친놈이라고 밖에는 딱히 표현할 방법이 없었다.

세상이 아무리 각박해졌어도 이렇게 인간성이 타락한 사람이 많을 줄이야.

재현은 심각한 표정으로 한숨을 내쉬었다. 하필이면 자

신은 이런 인간 같지도 않은 악귀 같은 놈들에게 타깃이 된 것이다.

*　*　*

재현은 하루를 쉬고, 그 하루 동안 설악산에서 사냥하지 말까 진지하게 생각했다.

이대로 다른 사냥터로 가는 게 좋지 않을까란 생각을 했다가 그는 고개를 저었다. 어쩐지 자신이 지는 기분이 들기 때문이었다.

그놈의 남자의 자존심 때문에 다른 곳에 가는 건 재현이 반대였다. 오히려 자신을 이렇게 몰아붙이는 그 두 녀석에게 복수를 하고 싶은 생각뿐이다.

그 두 헌터들에 대해 알고 싶어 포레스트의 비밀 사이트에 접속해 보았지만 별다른 정보를 얻지 못한 상태였다.

자신들의 정보를 입력하지 않을 테니 당연하다면 당연한 결과다.

그래도 정우에게 연락을 취해 포레스트의 정보를 달라고 하자, 기꺼이 주었다.

재균과 미경의 정보도 알고 싶었지만, 그들은 정식으로

헌터에 등록되어 있는 헌터들이기 때문에 정보를 줄 수 없다는 말을 들었다.

무엇보다 헌터가 되면 최소한의 개인정보에 락이 걸리기 때문에 알아내기란 불가능하다.

다만 포레스트는 해산된 길드인 데다 조심해야 할 필요성이 있는 곳이라 정보를 주는 건 별로 어렵지 않은 모양이었다.

현재 예상되는 포레스트의 멤버의 수는 이십 명이 조금 넘는다고 한다.

많다면 많고, 적다면 적은 숫자다. 생각보다 큰 곳은 아니었다.

재현은 어떻게 하면 녀석들을 곤란하게 만들고, 자신에게 손을 못 대게 할까 진지하게 생각했다.

딱 봐도 재균과 미경은 엄청난 헌터들이다.

자신들 입으로 중급 헌터라고 했다. 중급 헌터는 국가가 인정해 주는 베테랑 헌터다.

중급 헌터는 그들의 능력이 뛰어난 것도 있지만, 그만큼 많은 활약을 하고, 어려운 헌터 등급 심사를 통과한 자들에게 부여되는 것이다.

그들이 블랙 길드 소속이라고 해도 나름대로의 스펙을 쌓았을 것이 분명하다. 특히 재균의 힘은 상상을 초월하는 능력이다.

어떤 능력인지는 모르겠지만, 그는 주먹으로 나무를 부쉈을 정도였으니까.

인간의 힘으로는 나무를 맨주먹으로 부수기 힘들었으니, 그때 자신의 능력을 사용했으리라.

'아무리 고민한다 해도 알아낼 수는 없겠지만.'

보이는 능력이 아닌 보이지 않는 능력이다. 그 사람과 직접적으로 싸워 보지 않는 한 알아내기는 힘들다. 설사 싸워 본다 하더라도 알아낼 수 있으리란 생각은 들지 않는다.

'그런데 그 사람 능력이 대단하긴 했지만, 딱히 강하다고 안 느껴졌지?'

재현은 왜 자신이 이렇게 느끼는지 잘 모르겠다는 표정이었다. 실제로 재균의 능력은 엄청나다.

주먹이든 능력이든 단번에 나무를 부쉈을 정도면 대단한 힘을 지닌 것이 확실하다. 하지만 그는 그것이 전혀 무섭게 느껴지지 않았다.

그 당시에 너무 흥분해서 제대로 보지 않아 그랬을 수도 있고, 맞아보지 않았으니 그럴 수도 있다는 생각이 들었다.

그게 본 힘을 다한 것이 아니었으니 아쿠아 쉴드도 단

번에 깨질 것이다.

'한 명의 능력은 알고는 있는데, 두 개라는 게 문제란 말야. 그나마도 하나만 알고, 나머지 하나를 모른다는 것도 문제고.'

그녀의 능력을 눈앞에서 제대로 보지 않아 잘 모르지만, 분명 그 둘이 뭉치면 굉장할 것이다.

제대로 된 그 두 사람의 정보가 없으니 이런저런 생각이 들기도 했다. 정보가 있는 것보다 없는 것이 더 두려운 법이다.

'에이, 이런 고민을 해 봤자 뭐해. 다 부질없는 것을.'

재현은 아예 잡념을 훌훌 털어 버리고, 가방 안에 물품을 바리바리 싸기 시작했다. 가만히 있어 봤자 달라지지 않는 현실이다. 의뢰도 하고, 돈도 벌어야 하는 것이 그의 현실이기 때문이다.

"또 사냥하러 가게?"

"응. 가만히 있을 수는 없잖아. 이번에는 단단히 준비하고 가야지."

재현은 그간 들고 가지 않던 물품도 챙겼다.

* * *

한편 다른 숙소에서 머물고 있는 재균과 미경.

그들은 한 방에서 지내고 있었다. 이미 옛날에 갈 때까지 간 사이다. 한 방에서 지낸다고 해도 문제 될 건 없다.

사귀는 사이는 아니다. 재균이나 미경은 서로에게 딱히 다른 감정을 갖고 있지 않다.

침대에 가만히 누워 있던 미경이 입을 열었다.

"그 녀석이 숙소에서 나왔어. 향하는 곳은 설악산 외곽이야."

간단하게 삼각 김밥하고 이온음료로 배를 채우고 있던 재균이 그 말에 반응했다. 그는 마시고 있던 이온음료를 마저 마신 후, 입을 열었다.

"하루 종일 숙소 밖으로 안 나오기에 겁먹었나 했더니, 그게 아닌 모양이군. 하긴, 이 정도로 물러나면 남자도 아니지. 이거 가지고 지레 겁을 먹고 달아나면 가랑이 사이에 있는 걸 떼야 돼."

"그래서. 어떻게 할 거야? 또 갈 거지?"

"당연한 거 아냐?"

그가 다 마신 캔을 악력으로 찌그러뜨리더니 쓰레기통이 있는 방향으로 아무렇게나 던진다. 캔은 정확히 쓰레기통 안으로 쏙 들어갔다.

그는 이불을 걷어 내고 간단하게 스트레칭을 하기 시작

했다.

“당연히 쫓아가야지.”

그럴 줄 알았다는 표정을 지으며 미경도 자리에서 일어났다. 최소한 바지를 입고 있는 재균과는 다르게 실오라기 하나 걸치지 않은 미경의 몸이 드러났다.

얼굴은 상당한 동안일지 모르지만, 그 속살은 전혀 어린아이가 아니었다.

그는 근처에 놓았던 선글라스를 착용하고, 벗어 둔 옷을 주워 입기 시작한다.

거의 알몸 상태로 있던 미경도 옷을 주섬주섬 입었다. 단검 보관 주머니들도 각 부위에 맞게 착용한다.

옷을 다 갈아입고, 숙소로 나온 재균이 너클을 착용하고 주먹을 몇 번 쥐었다 폈다를 반복하며 손을 푼다.

“이번에는 미리 물색했던 그 녀석으로 보내자.”

“그래, 그러자. 아마 그 녀석도 꽤 고전할 거야.”

재균이 선글라스를 고쳐 쓰며 씨익 웃어 보였다.

“좋아, 그럼 일단 잡몹부터 찾아 볼까?”

미경이 고개를 끄덕이더니 눈을 감자 몸이 무너진다. 재균은 쓰러지는 그녀를 얼른 안아 들었다.

유체이탈을 할 동안에 몸을 움직이지 못하니 그가 이렇게 안아 들어야 하는 것이다.

"후우, 무거운 여자애를 들고 산을 올라가야 하다니. 이건 고문이야, 고문."

살짝 등골이 오싹하고, 따끔한 시선이 몰리고 있는 것을 보니 유체이탈한 그녀가 무섭도록 노려보고 있는 모양이다.

그렇지만 그는 아무것도 안 느껴진다는 듯 여유롭게 산을 오르기 시작한다.

*　　*　　*

재현이 평소 사냥을 하는 방식은 몬스터를 찾아다니다가 몬스터를 발견하면 곧장 달려드는 것이었다.

하지만 그는 오늘은 몬스터들을 피해 돌아다니다가 적당한 장소를 물색하는 데 주력했다. 그리고 적당한 곳을 찾은 후 함정을 설치하기 시작했다. 야영을 하는 것도 아닌 날, 이번처럼 함정을 설치하는 경우는 없었다.

헌터들의 왕복이 잦은 곳을 피해 함정을 설치했지만, 그래도 위험한 일이었다. 이러다가 다른 헌터가 걸려들면 크게 다치게 될 것이다.

그러나 재현은 전혀 신경 쓰지 않고 함정을 설치하고 있었다.

나무에 철사들을 연결하고 단단하게 고정시켰다. 그가 설치한 것은 간이 철조망이었다. 헌터 거래소에서 저렴한 가격에 판매되는 철조망이다.

주로 위험 지역에서 안전을 확보할 목적으로 야영지 근처에 설치하는 용도다.

물론 재현이 산 것은 이가 다 나가고, 일부는 끊어져 있는 중고다.

끊어진 건 재현 나름대로 이어서 해결했지만, 강한 충격에는 소용없다.

"그게 몬스터에게 통할까? 몬스터들은 그걸 뚫거나 점프할 텐데."

몬스터들은 상식을 초월한 생명체다. 어지간히 약한 몬스터가 아니면 이런 철조망 따위는 아랑곳하지 않고 달려들 것이다.

무엇보다 이렇게 간단히 만든 철조망이면 여지없이 뚫릴 것이다.

"통하든 말든 난 신경 안 써. 어차피 그러라고 설치한 게 아니니까."

운디네와 썬더러가 소환된 상태로 그 과정을 다 보고 있었다. 썬더러는 재현의 생각을 모르겠다는 듯 바라봤다.

운디네도 마찬가지였지만, 대답을 회피하고 있기에 더는 묻지 않았다.

어차피 나중에 무슨 용도로 사용하게 될지 알게 될 거라 생각했기 때문이다.

그렇게 함정을 설치하고 재현은 가만히 앉아 기다렸다. 사냥을 하러 온 게 아니라 잠시 쉬러 온 느낌이었다.

하지만 그가 그렇게 앉아서 쉰 지 두 시간쯤 지나자 자신에게 다가오는 몬스터들을 볼 수 있었다.

도그 파이터, 놀, 미니 엔트였다. 미니 엔트를 제외하면 다 잡아 본 몬스터였다.

이름: 미니 엔트

종류: 소나무과

등급: D

－나무로 된 몬스터다. 뿌리의 길이를 줄여 이곳저곳을 이동할 수 있다. 약점은 나무뿌리이지만, 이동 중이 아닐 때는 자리를 잡고 땅속에 뿌리를 내리고 있다. 그리고 그때는 공격이 거의 불가능하다. 미니 엔트는 나뭇잎으로 공격하지만 위험할 때는 손을 땅에 박아 공격한다. 녀석이 손을 땅에 박아 넣으면 발밑에서 나무가 튀어나와 꼬치로 만들 수 있으니 각별히 조심해야 한

다. 수 속성 공격은 90%를, 뇌 속성 공격은 50%를 흡수하는 반면, 화 속성 공격에는 몇 배의 데미지를 받는다. (Tip. 몸에 불이 붙으면 쉽게 꺼지지 않기에 화공(火攻)을 사용하면 쉽게 사냥할 수 있다.)

"미니 엔트라. 나한테 정말 곤란한 몬스터를 보냈군."

이것도 정성이라면 정성이다. 도그 파이터는 전혀 무섭지 않지만 나름대로 그들도 책략을 짜고 전술적으로 보내온 모양이다.

'도그 파이터는 민첩성이 뛰어나고, 놀은 민첩성이 조금 떨어지지만 변칙적인 공격을 가하지. 그리고 미니 엔트는 느리지만 내 공격을 거의 무력화시킬 수도 있어.'

이번에는 제대로 엿을 먹이겠다는 듯 보였다. 재현도 감탄할 정도로 보내왔다. 확실히 중급 헌터들은 생각이 남달랐다.

블랙 헌터로 일하면서 이런 일도 많이 해 봤을 테니 어떻게 타깃을 노려야 하는지도 아주 잘 알고 있다.

숫자는 열 마리. 아직 반응이 없는 걸 보면 뒤에 더 따라오는 몬스터는 없어 보이지만, 왠지 더 끌고 올 거란 생각이 들었다.

그렇게 되면 그 숫자는 기하급수적으로 늘어날 것이 분

명하다.

그러나 그것을 알고 있으면서도 그의 얼굴에는 여유가 가득했다. 마치 그걸 노리고 있는 듯 보인다.

그는 바지에 묻은 흙먼지를 털고 일어나며 소리친다.

"미인하지만 하필 보내도 도그 파이터야? 선택을 살못했네. 몬스터 중 가장 잘 아는 녀석을 보냈으니까!"

재현이 철조망을 뛰어넘은 세 마리의 도그 파이터를 먼저 노렸다.

"운디네, 수중감옥! 썬더러, 라이트닝 볼!"

운디네와 썬더러가 각각 한 마리씩 맡아서 공격했다.

수중감옥에 갇힌 녀석은 꼼짝달싹 못 하고 있었고, 라이트닝 볼에 맞은 녀석은 감전되어 몸을 부르르 떨고 있었다.

재현은 공격당하지 않은 도그 파이터를 노렸다.

녀석은 아가리를 벌리며 달려들었지만, 재현은 오히려 녀석에게 더 파고들었다.

지팡이로 녀석을 힘껏 때리고, 검으로 녀석의 배를 찔렀다.

녀석의 배에서 다량의 피가 흐르기 시작했다. 낑낑거리며 울고 있었지만, 가볍게 무시해 주었다.

도그 파이터들이 전투 불능이 되는 건 한순간이었다.

수습 헌터 당시에 도그 파이터만 잡아 본 재현에게는 너무도 익숙한 몬스터라 상대하는 건 그다지 어렵지 않았다.

"다음!"

다음은 놀이었다. 녀석들은 그가 설치한 간이 철조망을 넘으려고 했다.

넘으려고 하면 충분히 넘을 수 있다. 다만 그러기 위해서는 공격에 노출되어야 했다.

"썬더러, 철조망에 전기를 흘려보내. 아주 강력한 것으로."

그제야 재현이 이런 간이 철조망을 설치한 이유가 나왔다.

그가 설치한 간이 철조망은 상대의 전진을 막는 것만이 아니라, 전류를 흘려보내 공격하는 용도였던 것이다.

철조망을 끊기 위해서 무작정 돌진해 올 수도 있겠지만, 그러기 위해서는 최소 한두 마리의 피해는 감수해야 한다. 애초에 녀석들은 그런 지식이 없었다.

"알았어!"

썬더러가 철조망에 다가가더니 강력한 전류를 흘려보낸다. 철조망을 쥐고 있던 놀들의 몸이 쉴 새 없이 떨리고 있었다.

녀석들의 구멍이란 구멍에서 피가 나오자 썬더러의 전류도 멈췄다.

놀도 이렇게 쉽게 처리했다. 다가오던 몬스터의 대다수를 차지하던 놀이 너무 허무하게 당했다.

다음은 미니 엔트였다. 전진 속도가 느려 녀석들이 이제서야 근처에 도착했다.

문제라면 미니 엔트는 재현도 잡아 본 적 없는 데다가 상성이 영 안 맞는 몬스터라는 것이다.

'운디네의 공격은 거의 먹히지 않으니 소용이 없어. 그렇다면 썬더러로 공격을 해야 한다는 얘기인가?'

그나마 공격이 잘 들어가는 썬더러가 가장 효율적이라는 생각이 들었다.

어떻게 끌고 와도 자신과 완전 천적인 몬스터를 끌고 온 것인지 신기할 따름이다. 자신과 완전히 상성이 잘 안 맞는 몬스터가 아니던가. 기가 막혀 말이 안 나올 정도다.

"그런데 그 녀석들도 한 가지 생각은 못 한 게 있겠지? 썬더러."

재현이 남아 있던 철사 두 개를 썬더러에게 건넸다. 썬더러는 양손에 철사를 쥐고 고개를 갸웃거렸다.

"이게 뭐야?"

"무기. 저 녀석에게 아주 효율적인 무기지. 녀석의 몸에 그걸 꽂고서 착 달라붙어. 그리고 최대한 강력한 전류를 흘려보내."

"알겠어."

썬더러는 고개를 끄덕이더니 재현의 말대로 미니 엔트의 몸에 착 달라붙고 철사를 꽂아 넣고 강력한 전류를 보내기 시작한다.

"뭘 하려는 거야?"

"일단 지켜봐 봐."

미니 엔트는 거북이처럼 느릿느릿 걸어오고 있다.

원래 이동보다는 자리에 뿌리를 박는 녀석들이라 이동하는 데 꽤 오래 걸린다. 아직 공격 범위에 들지 않았으니 아직도 이동 중이다.

'음, 역시 생각과 다르게 잘 안 되는 건가?'

재현은 이만 포기하고, 도망칠까 생각했다. 어차피 녀석들의 움직임도 느리니 그냥 걸어서 가도 충분히 도망칠 수 있을 정도다.

그가 썬더러를 불러들이려고 할 때였다. 강력한 스파크가 튀기더니 녀석의 몸에 불이 붙기 시작했다. 아니, 정확하게는 썬더러의 몸에 불이 붙기 시작하는 게 맞았다.

"그―응?"

미니 엔트는 자신의 몸에 이변이 일어났다는 걸 그제야 알았는지 멍청한 소리를 냈다. 그러더니 곧 크게 소리치기 시작했다. 그제야 자신의 몸에 불이 붙은 것을 깨달은 것이다.

재현이 주먹을 쥐며 성공이라고 소리쳤다. 운디네는 어떻게 불을 낸 것인지 모르겠다는 듯 그를 바라보았다.

이것은 배터리에 철사 두 개를 꽂아 놓는 것과 같은 이치다.

배터리에서 외부로 연결된 철사로 인해 폭발하거나 불이 붙는 건 흔히 있는 일이다.

썬더러가 배터리라면 철사가 바로 발화하는 장치이다.

썬더러로 그게 통할까 싶었는데 멋지게 성공해 냈다. 녀석의 몸에 불이 붙고, 머리 부분에 있던 나뭇잎이 불의 세기를 더욱 거세게 만들기 시작했다.

녀석의 몸이 화염에 먹히고 곧 쓰러져 버렸다. 불을 끄고 싶어도 움직임도 느린 데다 몸이 불에 잘 타는 녀석이라 물에 빠지지 않는 한 불을 끄는 것이 불가능하리라. 재현은 완전히 움직임이 정지한 녀석을 바라보았다.

'이놈에게 건질 건 수정체밖에 없어 보이네.'

별로 특별할 게 없어 보이는데 과연 비싼 값에 팔릴지나 의문이다.

머리를 긁적이던 재현이 방금 처리한 녀석들을 모두 가방에 넣었다.

그렇게 전부 어떻게든 다 넣을 수 있었다. 무게가 꽤 나가지만 아주 못 들 정도는 아니었다. 그는 그러다가 허공에다가 소리친다.

“뭐야, 내가 시체 다 챙길 동안 더 안 보내고 뭐해? 후회하게 해 주겠다면서. 빨리 더 보내 봐. 왜, 생각대로 안 되니까 당황스럽냐? 나름 나랑 상성이 안 맞는 몬스터까지 보냈는데, 그것도 소용없으니까 이게 뭔가 싶지?”

재현이 허공에다 대며 놀리듯 말하고 있었다. 남들이 볼 때는 그저 미친놈처럼 허공에다가 혼잣말하는 것으로만 보일 것이다.

하지만 재현은 재균과 미경이 자신을 지켜보고 있을 거라 생각했다. 지금 그 녀석들이 보내는 것이 맞다면 자신의 말을 들었을 것이다.

도그 파이터나 놀은 그들도 충분히 막을 거라 생각하고 보낸 것이리라. 자신에 대해 나름대로 정보를 알고 있다면 그런 것은 기본일 테니까.

하지만 미니 엔트는 전혀 예상하지 못했을 것이다.

재현도 이게 통할까 조금 의심하기도 했으니까. 그는 한동안 허공에다 대고 조롱하듯 말하다가 만족한 듯 웃으며 녀석들에게 선포한다.

"어디 계속 더 보내 봐. 내가 다 쓰러뜨려 줄 테니까. 대신 너희들도 각오해야 할 거야. 그렇게 만만하게 봤던 초급 헌터가 얼마나 무서운지를."

〈다음 권에 계속〉

강령술사

FUSION FANTASY STORY & ADVENTURE

정은호 퓨전판타지 장편소설

dream books
드림북스

魔劍王
마검왕
나민채 퓨전무협 장편소설
『죽지 않는 무림지존』, 『천지를 먹다』
베스트 셀러 작가 나민채의 신작!
강호와 현실을 자유롭게 넘나들며 벌이는 스펙터클한 퓨전 무협
강호의 마교 소교주, 현실의 고등학생이라는 두개의 삶.
나를 다른 세상으로 부른 흑천마검에는 놀라운 비밀이 숨어 있다!
dream books
드림북스

신룡의 주인
『더스크 하울러』, 『환수의 주인』의 작가!
태선 판타지 장편소설
알테리온가의 막내아들 샨,
알에서 태어난 특급 용 카이.
평범하지 않은 둘의 좌충우돌 학교생활이 시작된다!
dream books
드림북스

새빨간 당근 판타지 장편소설

FANTASY STORY & ADVENTURE

붉은여제

dream
books
드림북스